KB186281

宮本武蔵

요시카와 에이지 대하소설

미야모토 무사시

9

엔메이円明의 권 上

잇북
it BOOK

차례

봄을 알리는 새

1

야규柳生 성이 있는 야규 골짜기는 휘파람새가 유명한 곳이다. 무사 대기소의 하얀 벽에 2월의 따스한 햇살을 받은 매화나무 그림자가 한 폭의 그림처럼 드리워져 있었다.

남쪽으로 뻗은 매화나무 가지에서는 일찌감치 꽃망울을 터뜨린 매화꽃이 유혹하고 있었지만 휘파람새 울음소리는 아직 띄엄띄엄 들리던 무렵, 산과 들판의 눈이 녹으면서 무사 수련생이라고 자처하는 이들이 눈에 띄게 늘어났다.

그들은 세키슈사이石舟斎에게 한 수 가르침을 받고 싶다거나 자신은 어느 유파의 누구라며 돌담으로 둘러싸인 언덕의 닫힌 문을 하루가 멀다 하고 두드렸다.

"아무리 높으신 분의 소개장을 갖고 왔더라도 세키슈사이 님은 고령이시라 사람들을 일체 만나지 않으십니다."

야규의 가신들이 10년째 매일 똑같은 말로 그렇게 사절하면 개중에는 예도禮道에는 귀천의 차별도 명인과 초심자의 차별도 없다는 식으로 투덜거리며 돌아가는 자도 있었다.

그러나 실은 세키슈사이는 작년에 이미 세상을 떠나 이 세상 사람이 아니었다.

에도江戸에 있는 장남 다지마노카미 무네노리但馬守宗矩가 4월 중순까지 공무로 인해 고향으로 돌아올 수 없었기 때문에 아직 세키슈사이의 죽음을 비밀에 부치고 있었던 것이다.

그래서인지 천지에 봄이 찾아오고 있음에도 불구하고 요시노吉野 조정(1336년부터 1392년까지 요시노에 있던 조정) 시절 이전부터 있었다는 이 낡은 성은 을씨년스러운 적막에 싸여 있었다.

"오쓰お通 님."

안쪽 정원에서 동자 하나가 건물을 이리저리 둘러보고 있었다.

"오쓰 님, 어디 계세요?"

그러자 한 방의 장지문이 열리고 방 안에 가득 찼던 향 연기와 함께 오쓰가 밖으로 나왔다. 오쓰는 백일상百日喪이 지났는데도 해를 보지 않아서인지 배꽃같이 하얀 얼굴에 수심이 깃들어 있었다.

"지불당持佛堂이에요."

"또 거기 계셨어요?"

"무슨 일이죠?"

"효고兵庫 님이 잠깐 오시래요."

"예."

오쓰는 툇마루를 따라 다리를 건너서 멀리 떨어져 있는 효고의 방으로 갔다. 효고는 툇마루에 앉아 있었다.

"오쓰 님, 잘 오셨소. 내 대신 인사를 나가 주었으면 해서요."

"객실에 누가 오셨나요?"

"아까부터 기무라 스케쿠로木村助九郎가 응대를 하고 있는데 얘기가 길어지니까 몹시 난처해하더군요. 특히 스님과 무도를 논하느라 진이 다 빠진 모양이오."

"그럼, 호조인寶藏院의 그 스님이 와 계신 거죠?"

2

나라奈良의 호조인과 야규 가는 지리적으로도 멀지 않을뿐더러 창법과 검법에서도 인연이 깊었다. 작고한 세키슈사이와 호조인의 초대 당주인 인에이胤榮는 생전에 절친한 사이였다.

세키슈사이가 장년 시절 진정한 오도悟道(불교의 진리를 깨달음)의 눈을 뜨게 해준 은인이 가미이즈미 이세노카미上泉伊勢守였다면, 그 이세노카미를 처음 야규 장원에 데리고 와서 소개해준 사람이 인에이였다.

하지만 그 인에이도 지금은 고인이 되었고, 2대인 인슌胤舜이 스승의 뒤를 이은 호조인류의 창술이라는 것은 그 후 무도를 중시하는 시대의 조류를 타고 하나의 유파로서 명성을 드높이고 있었다.

"효고 님이 보이시지 않는데, 인슌이 왔다고 전했나?"

오늘도 두 제자를 데리고 서원의 객석에 앉아 아까부터 이야기를 하고 있는 사람은 바로 그 호조인의 2대 당주인 인슌이었고, 그를 응대하고 있는 사람은 야규의 네 수제자 중 한 명인 기무라 스케쿠로였다.

인슌은 고인과의 관계도 있고 해서 야규 가를 자주 찾았는데, 그것은 기일이나 제사 때문이 아니라 아무래도 효고를 붙잡고 앉아 무도에 대해 논하고 싶은 것이 목적인 듯했다. 그리고 무엇보다도 고인인 세키슈사이가 '숙부인 다지마노카미도 미치지 못하고 조부인 자신보다도 뛰어난 인물'이라며 눈에 넣어도 아프지 않을 정도로 총애하며 자신이 가미이즈미 이세노카미에게서 받은 세 권의 신카게류新陰流 비전과 한 권의 그림 목록을 생전에 물려줬다는 이야기를 듣고, 야규 효고와 한 번 결투를 벌이고 싶은 마음도 있는 듯했다.

그것을 눈치 챘는지 효고는 인슌이 찾아오자 지난 두세 차례는 감기에 걸렸다거나 불가피한 일이 있다는 핑계로 피했었다.

오늘도 인슌은 좀처럼 돌아갈 기색도 없이 효고가 나타나기를 은근히 기대하고 있는 듯했다.

스케쿠로는 그런 인슌의 마음을 헤아리고 이렇게 말했다.

"조금 전에 전해드렸으니 별일 없으시면 인사를 하러 오시겠지만……."

"아직 감기가 낫지 않으신 건가?"

인슌이 물었다.

"아무래도……."

"평소에 몸이 허약하신가?"

"본래 건강하십니다만 오랫동안 에도에 머무르시느라 근래에 산간에서 겨울을 나신 적이 없으셔서 그런 것 같습니다."

"건강이라는 말이 나왔으니 하는 말인데, 효고 님이 히고肥後의 가토 기요마사加藤清政 공의 눈에 들어 많은 녹으로 부름을 받았을 때, 작고하신 세키슈사이 님께서 손자를 위해 재미있는 조건을 붙이셨다고 들었네만."

"글쎄요, 저는 처음 듣는 이야기입니다."

"나도 선사이신 인에이 님께 들은 이야기인데 세키슈사이 님이 기요마사 님께 말씀하시기를 '손자가 참을성이 없으니 혹시 죽을죄를 범하더라도 세 번까지 죄를 사해주겠다고 약속해주신다면 보내드리겠다'고 하셨다는군. 하하하, 효고 님이 그리 참을성이 없는데도 세키슈사이 님은 꽤나 사랑스러웠던 모양이야."

3

그때 오쓰가 나타났다.

"스님, 오셨습니까? 공교롭게도 효고 님께서는 에도 성에 보낼 목록을 작성하시는 중이라 예의가 아닌 줄 알면서도 뵐 수 없으실 듯합니다."

오쓰는 그렇게 말하고 옆방에 마련해놓은 과자와 차를 내놓고 "변변치 않지만……"이라며 인슌에게 먼저 권하고 함께 앉아 있는 제자들에게도 권했다.

인슌은 실망한 표정으로 말했다.

"이거 유감이군. 실은 직접 뵙고 여쭐 중요한 일이 있는데……."

"무슨 일인지 제게 말씀하셔도 되는 일이면 제가 전해드리도록 하겠습니다."

옆에서 기무라 스케쿠로가 말했다.

"하는 수 없지. 그럼 자네가 말씀을 좀 전해주게."

인슌은 드디어 본론을 이야기했는데 효고에게 하고 싶다는 이야기란 이러했다.

이곳 야규 장원에서 10리쯤 동쪽에 있는 매화나무가 많은 쓰키가세月ヶ瀬 부근은 이가伊賀의 우에노上野 성과 야규 가의 영지를 구분하는 경계인데, 그 주변은 산사태가 자주 일어나고 사방으로 계류가 흐르고 있을 뿐만 아니라 부락도 띄엄띄엄 있어

서 확실한 경계라 할 만한 것이 없다.

그런데 이가의 우에노 성은 원래 쓰쓰이 뉴도 사다쓰구筒井入道定次의 소유였던 것을 도쿠가와 이에야스德川家康가 몰수하여 도도 다카토라藤堂高虎에게 주었고, 그 도도 번은 작년에 그곳으로 들어가 우에노 성을 개축하고 연공年貢 개조, 치수, 번경藩境 정비 등 새로운 정책을 펼치고 있다.

그 위세가 넘쳐서인지 근래 들어 쓰키가세 근방에 많은 무사들을 보내 마음대로 움막을 짓거나 매화 숲을 벌채하고 행인들을 통제하며 야규 가의 영토를 침해하고 있다는 소문이 끊이질 않는다는 것이었다.

"생각건대 야규 가가 상중이라는 걸 틈타 도도 가가 일부러 번경을 넓혀 나중에는 자신들 마음대로 아무 곳에나 울타리를 세울 심사인 듯하네. 노파심일지 모르겠지만 지금이라도 제대로 항의를 하지 않으면 후일 후회막급하지 않을까 염려가 되네."

스케쿠로는 인슌의 이야기에 가신의 한 사람으로서 깊은 감사의 뜻을 표했다.

"이렇듯 중요한 소식을 알려주셔서 감사드립니다. 속히 알아보고 항의의 뜻을 전하도록 하겠습니다."

인슌이 돌아가자 스케쿠로는 서둘러 효고의 방으로 가서 보고를 했지만 효고는 일소에 부치면서 말했다.

"내버려두게. 조만간 숙부님이 오시면 해결하실 거야."

하지만 변경에 관한 문제는 한 치의 땅이라도 소홀히 다룰 수 없는 문제였다. 그래서 스케쿠로는 어떻게 할 것인지 다른 노신이나 나머지 수제자들과 상의해서 대책을 강구해야겠다고 생각했다. 더구나 상대가 도도라는 큰 번인 만큼 더욱 신중을 기해 처리해야 할 필요도 있다.

다음 날 아침, 스케쿠로가 평소와 다름없이 신음당新陰堂 위의 도장에서 젊은 무사들을 훈련시키고 나오는데 산에서 숯을 만드는 아이가 따라오더니 인사를 하며 불렀다.

"아저씨."

쓰키가세에서 안쪽으로 깊이 들어간 핫토리고服部鄕의 아라키荒木 마을이라는 벽지에서 숯과 멧돼지 고기 등을 어른들과 함께 성 안으로 짊어지고 오는 우시노스케丑之助라는 열서너 살 된 산골 아이였다.

"우시노스케구나? 또 도장을 들여다보고 있었느냐? 오늘은 참마를 가지고 오지 않았나 보구나."

4

그가 가지고 오는 참마는 이 부근의 참마보다 맛이 좋아서 스케쿠로가 농담으로 던진 말이었다.

"참마는 가지고 오지 않았지만, 이걸 오쓰 님께 드리려고 가지고 왔어요."

우시노스케는 손에 들고 있던 볏짚 꾸러미를 들어 보였다.

"머위 줄기니?"

"아니에요. 살아 있는 거예요."

"살아 있는 거라고?"

"제가 쓰키가세를 지날 때마다 예쁜 소리로 우는 휘파람새가 있어서 눈여겨봐두었다가 사로잡은 거예요. 오쓰 님께 드리려고요."

"그럼, 넌 항상 아라키 마을에서 이곳으로 올 때는 쓰키가세를 넘어오는 거니?"

"예. 쓰키가세 말고는 다른 길이 없어요."

"그럼, 그 근방에 요즘 무사들이 많이 보이더냐?"

"그렇게 많진 않지만 있긴 있어요."

"뭘 하고 있더냐?"

"움막을 짓고 거기서 살아요."

"울타리 같은 건 세우지 않았고?"

"예."

"매화나무 같은 것을 베거나 지나가는 사람들을 조사하지도 않고?"

"나무를 벤 건 움막을 짓거나 눈이 녹으면서 떠내려간 다리를 다시 놓거나 땔감으로 쓰려고 그랬을 걸요. 지나가는 사람들을 조사하는 건 본 적이 없어요."

"흐음……."

호조인 사람들의 이야기와 다르자 스케쿠로는 고개를 갸우뚱거렸다.

"그 무사들은 도도 번의 사람들이라고 들었는데, 그럼 무엇 때문에 그런 곳에서 머무르고 있는지 아라키 마을에서 들은 소문은 없느냐?"

"아저씨, 그건 아니에요."

"뭐가 아니라는 말인데?"

"쓰키가세에 있는 무사들은 나라에서 쫓겨난 낭인들뿐이에요. 우지宇治에서도, 나라에서도, 부교奉行(무가 시대에 행정 사무를 담당한 각 부처의 장관)에게 쫓겨나 살 곳이 없어서 산속에 들어온 거예요."

"낭인이라고?"

"예."

스케쿠로는 그제야 이해가 되었다. 도쿠가와 쪽 가신인 오쿠보 나가야스大久保長安가 나라 부교로 부임하고 나서 세키가하라関ヶ原 전투 이후 아직 출사도 하지 못하고 직업도 없어서 마을의 골칫덩어리가 된 떠돌이 무사들을 각지에서 쫓아낸 일이 있었다.

"아저씨, 오쓰 님은 어디 계세요? 오쓰 님께 이걸 드리고 싶은데."

"안에 계실 거다. 그런데 얘야, 성 안을 네 마음대로 휘젓고 돌아다니는건 안 된다. 네가 농부의 아이답지 않게 무예를 좋아하니 밖에서 도장을 엿보는 것만큼은 특별히 허락하지만 말이다."

"그럼, 오쓰 님을 불러주실 수는 없나요?"

"아…… 마침 저기 마당에서 저쪽으로 가고 있는 사람이 오쓰 님 같구나."

"아, 오쓰 님이다."

우시노스케는 달려갔다. 볼 때마다 늘 과자를 주기도 하고 다정하게 말을 걸어주는 사람이다. 게다가 산골 소년의 눈에는 이 세상 사람이라고 여겨지지 않을 만큼 신비한 아름다움마저 느끼게 했다.

오쓰가 뒤를 돌아다보며 멀리서 생긋 웃었다. 우시노스케는 달려가서 꾸러미를 내밀었다.

"휘파람새를 잡아왔는데, 이거 오쓰 님께 드릴게요. 여기요."

"뭐? 휘파람새?"

분명 몹시 기뻐할 거라 생각했는데 의외로 오쓰가 눈살을 찌푸린 채 손을 내밀지 않자 우시노스케는 부루퉁한 표정을 지었다.

"정말 예쁘게 우는 놈이에요. 오쓰 님은 새 키우는 거 싫어해요?"

"싫어하는 건 아닌데 꾸러미에 싸거나 새장에 넣으면 불쌍해서. 새장에 넣고 키우지 않아도 넓은 세상에 풀어놓으면 언제든지 아름다운 소리를 들을 수 있잖아."

오쓰가 차근차근 설명하자 자신의 호의를 받아주지 않아서 불만이었던 우시노스케의 오해도 금세 풀렸다.

"그럼, 놓아줄까요?"

"그래 주겠니? 고맙다."

"오쓰 님은 놓아주는 게 더 좋죠?"

"응. 네 마음은 고맙게 받을게."

"그럼, 놔줘야지."

우시노스케가 그렇게 말하고 볏짚 꾸러미를 찢자 안에서 휘파람새 한 마리가 튀어나와 쏜살같이 성 밖으로 날아갔다.

"그것 봐. 저렇게 기뻐하며 날아가잖아."

"휘파람새를 춘고조春告鳥라고도 부른대요."

"어머, 그건 누구한테 배웠니?"

"그 정돈 나도 알아요."

"아아, 미안."

"그러니까 틀림없이 오쓰 님께 뭔가 좋은 소식이 있을 거예요."

"그럼, 나한테도 봄이 온다는 좋은 소식이 있다는 거니? 정말

목 놓아 기다리는 소식이 있긴 하지만."

오쓰가 본성 안쪽의 수풀 속으로 발길을 옮기자 우시노스케도 따라서 걸으며 물었다.

"오쓰 님, 어디 가세요? 여긴 벌써 성 안의 산이에요."

"너무 방에만 틀어박혀 있었더니 갑갑해서 기분 전환이나 할 겸 매화를 보러 나온 거야."

"그럼, 쓰키가세로 가면 되잖아요. 성 안에 핀 매화는 볼 게 없던데."

"너무 멀잖아."

"금방이에요. 10리밖에 안 돼요."

"가 보고 싶긴 하지만……."

"가요. 제가 장작을 싣고 온 소가 요 아래에 있어요."

"소를 타고?"

"예. 제가 끌고 갈게요."

오쓰는 마음이 동했다. 이번 겨울엔 볏짚 꾸러미 속의 새처럼 성 밖으로 한 발자국도 나가지 않았다.

본성에서 산을 따라 성 뒤편의 잡인들이 드나드는 문 쪽으로 내려갔다. 그곳 성문에서 하루 종일 창을 들고 다니는 보초가 그녀를 보자 멀리서 웃으며 고개를 끄덕였다. 우시노스케는 물론 통행증을 가지고 있었지만 그것을 보여줄 필요가 없을 만큼 그 역시 보초와 친했다.

"장옷을 입고 올 걸 그랬네."

오쓰는 소 등에 올라타고 나서야 깨달은 듯 그렇게 중얼거렸다. 그녀를 알든 모르든 길가 처마 밑에서 사람들이 그녀를 쳐다보았고, 지나가는 농부들은 공손히 인사를 했다.

"날씨가 참 좋습니다."

하지만 한동안 소를 타고 가자 성시의 집들은 드문드문해졌고, 등 뒤의 야규 성은 산자락 아래로 하얗게 보였다.

"아무 말도 하지 않고 나왔는데, 어두워지기 전에는 돌아갈수 있겠지?"

"그럼요, 제가 다시 모셔다 드릴게요."

"하지만 넌 아라키 마을로 돌아가야 하잖아."

"10리쯤은 몇 번이고 왕복할 수 있어요."

둘이 이야기를 나누며 가는 동안, 성시 끝자락에 있는 소금 가게에서 소금과 새끼 멧돼지 고기를 교환하던 낭인 행색의 사내가 뒤에서 슬금슬금 따라오고 있었다.

성난 소

1

길은 쓰키가세의 계곡을 따라 이어지다 점점 험해졌다. 겨울이 지나 눈이 녹은 후에는 지나가는 행인도 드물었고, 이 부근까지 매화꽃을 따러 오는 사람은 거의 없었다.

"우시노스케, 넌 마을에서 성으로 올 때 늘 이곳을 지나서 오니?"

"예."

"아라키 마을에서는 야규로 나오는 것보다 우에노 성시로 나가는 게 훨씬 더 가깝지 않니?"

"그렇지만 우에노에는 야규 도장 같은 검술 도장이 없어서요."

"검술을 좋아하니?"

"예."

"농사꾼한테는 검술이 필요 없잖아?"

"지금은 농사꾼이지만 전에는 아니었어요."

"무사?"

"예."

"너도 무사가 될 생각이니?"

"예."

우시노스케는 고삐를 내던지고 계곡가로 뛰어 내려가더니 바위 사이에 걸쳐놓았던 통나무 끝이 계곡물에 빠져 있는 것을 원래 자리로 돌려놓고 돌아왔다.

그러자 뒤에서 따라오던 낭인 행색의 사내가 먼저 다리를 건너갔다. 사내는 다리 중간부터도, 다리를 건너고 나서도 몇 번이나 오쓰를 거리낌 없이 돌아보더니 산속으로 부리나케 달려갔다.

"누구지?"

오쓰가 소 등에 앉아 왠지 소름이 끼쳐 그렇게 중얼거리자 우시노스케가 웃으며 말했다.

"저런 사람이 무서워요?"

"무섭진 않지만⋯⋯."

"나라에서 쫓겨난 낭인이에요. 요 앞에 가면 산속에서 무리를 짓고 살아요."

"무리를 지어서?"

오쓰는 돌아갈까 망설였다. 매화꽃은 어디서나 볼 수 있었다. 산속의 냉기를 맞으며 매화꽃을 보는 것보다 마을로 돌아가고 싶은 생각이 들었다. 하지만 우시노스케가 끄는 소는 무심히 앞

쪽으로 걸어가고 있었다.

"오쓰 님, 마당을 쓸거나 물을 긷는 일이라도 좋으니 기무라 님께 부탁해서 성에서 일하게 해주세요."

우시노스케의 평소 소원인 듯했다. 선조의 이름은 기쿠무라菊村라 하고 조상 대대로 마타에몬又右衛門이라 자처했기 때문에 자신도 무사가 된다면 이름을 마타에몬으로 고칠 것이라고 했다. 그리고 기쿠무라라는 이름을 가진 사람 중에서는 아직 위대한 조상이 나오지 않았기 때문에 자신이 검법으로 일가를 이룬다면 고향의 이름을 따서 아라키를 성으로 하여 아라키 마타에몬이라고 이름을 고칠 것이라는 포부까지 밝혔다.

오쓰는 우시노스케의 포부를 들으면서 조타로城太郎는 어떻게 지내고 있는지 친동생을 생각하듯 헤어진 그를 떠올렸다.

'벌써 열아홉이나 스물이 되었을 텐데.'

조타로의 나이를 헤아려보다가 문득 자신의 나이가 떠올라 그녀는 견딜 수 없는 쓸쓸함에 휩싸였다. 쓰키가세의 매화는 아직 이른 봄이었지만 자신의 봄은 지나가고 있었다.

'여자 나이 스물다섯을 넘기면……'

"우시노스케, 이만 돌아가자."

우시노스케는 어이없다는 표정이었지만 시키는 대로 방향을 돌렸다. 그러자 그때, 어디선가 그들을 부르는 소리가 들렸다.

2

방금 전에 지나갔던 낭인과 함께 비슷한 풍채의 두 사내가 다가와서 오쓰가 타고 있는 소 주위에 팔짱을 끼고 섰다.

"아저씨들, 무슨 일이죠?"

우시노스케가 물었지만 우시노스케 쪽으로는 돌아보지도 않고, 세 사람 모두 음흉한 눈빛으로 오쓰를 바라보며 감탄하듯 중얼거렸다.

"과연."

그들 중 하나가 또 거리낌 없이 말했다.

"흐음, 미인이군."

그러고는 동료를 돌아보며 물었다.

"이봐, 이 여자를 어디서 본 것 같지 않아? 필시 교토京都 같은데……."

"보기에 산골 여자는 아닌 듯하니, 교토가 틀림없겠지."

"거리에서 얼핏 보았는지, 요시오카吉岡 스승님의 도장에서 봤는지 생각은 나지 않지만 분명히 본 적이 있는 여자야."

"자네, 요시오카 도장에 있었나?"

"응. 세키가하라 전투가 끝나고 3년쯤 그곳에서 밥을 먹었네."

무슨 일인지 알 수가 없었다. 그들은 사람을 세워놓고 잡담을 하며 오쓰의 몸과 얼굴을 음흉한 눈길로 훑어보았다.

우시노스케가 화를 내며 말했다.

"이봐요, 산 아저씨들. 돌아갈 길이 바쁘니 볼일이 있으면 빨리 말해요."

낭인 중 한 명이 그제야 우시노스케를 흘낏 쳐다보며 말했다.

"누군가 했더니, 아라키 마을에서 온 숯 굽는 꼬마구나?"

"나한테 볼일이 있는 거예요?"

"시끄럽다. 너한테는 볼일이 없으니 넌 어서 돌아가거라."

"안 그래도 갈 거니까 길이나 비켜요."

우시노스케가 고삐를 끌고 가려고 하자 그들 중 하나가 고삐를 낚아채더니 무서운 눈초리로 우시노스케를 노려보았다.

"이리 내."

우시노스케는 고삐를 놓지 않고 대들었다.

"왜 이래요?"

"볼일이 있는 건 이 여자니 이 여잘 데리고 가겠다."

"어디로요?"

"어디든 잔말 말고 고삐나 넘겨."

"안 돼요!"

"안 된다고?"

"그래요."

"이 녀석이 무서운 줄도 모르고 뭔 말이 이렇게 많아?"

그리고 다른 두 사람도 위협적인 눈빛으로 우시노스케를 노려보며 소리쳤다.

"뭐라고?"

"어쨌다고?"

그들은 우시노스케를 둘러싸고 울퉁불퉁한 주먹을 내밀었다.

오쓰는 너무 무서워서 소 등에 바짝 엎드려 있다가 우시노스케의 얼굴에서 심상치 않은 일이 일어날 것 같은 기색을 보고 말리려고 했다. 그러나 우시노스케는 갑자기 한쪽 발로 앞에 있는 사내를 걷어차더니 머리로 다른 한 명의 가슴팍을 들이받고 그자의 칼을 뽑아 자신의 뒤에 있던 자를 향해 마구 휘둘렀다.

3

오쓰는 우시노스케의 행동이 너무나 빠르고 무모해서 미친 건 아닌가 하고 생각할 정도였다.

그러나 자기보다 덩치가 훨씬 큰 무사 세 명을 상대로 우시노스케가 감행한 공격은 그들에게 상당한 타격을 입힌 듯했다. 감에 의한 행동이었는지, 아니면 소년의 무모함이었는지는 모르지만 어쨌든 논리와 상식에 얽매인 어른들이 허를 찔린 모습이었다.

우시노스케가 휘두른 칼은 바로 뒤에 서 있던 낭인의 몸을 강하게 내려쳤다. 놀란 오쓰는 비명을 질렀고, 우시노스케의 칼을 맞은 낭인의 비명에는 그녀가 타고 있는 소가 놀라서 펄쩍 뛰어 오를 정도였다.

게다가 쓰러진 낭인의 몸에서 솟구친 피가 안개처럼 소의 뿌리에서 얼굴로 흩뿌려졌다. 부상을 당한 낭인의 신음 소리에 이어 소가 한 번 크게 울었다. 그리고 우시노스케가 칼로 소의 엉덩이를 후려치자 소는 다시 크게 울부짖으며 그녀를 태운 채 미친 듯이 내달리기 시작했다.

"이놈!"

"이 어린놈이!"

두 낭인이 우시노스케를 쫓아갔다. 우시노스케는 계곡으로 뛰어내려 바위를 타고 도망치며 소리쳤다.

"난 잘못한 게 없어!"

낭인들은 도저히 우시노스케를 잡을 수 없다는 것을 깨닫고 갑자기 오쓰가 탄 소를 쫓기 시작했다.

"꼬마 놈은 나중에 잡아!"

그것을 본 우시노스케가 다시 그들을 쫓아가며 소리쳤다.

"도망치는 거냐?"

"뭐야?"

약이 오른 낭인 한 명이 멈춰 서서 돌아보자 다른 자가 말했다.

"저놈은 나중이라니까!"

낭인들은 다시 앞에서 달려가고 있는 소를 쫓았다. 소는 어둠 속에서 눈을 질끈 감고 내달리듯이 고삐에 끌려왔던 길과는 다른 길로 계곡을 따라 난 길에서 벗어나 야트막한 산등성이와 능선을 돌며 가사기笠置 가도라 불리는 샛길을 질풍처럼 내달렸다.

"멈춰라!"

"서라!"

낭인들은 소보다 빠르다고 자신하고 있었지만, 평소에 생각하던 소와는 전혀 달랐다. 성난 소는 눈 깜짝할 사이에 야규 장원 가까이, 아니 야규보다는 나라에 가까운 길까지 단숨에 달려왔다.

"……."

오쓰는 눈을 질끈 감고 있었다. 만약 소 등에 숯 가마니나 장작을 붙들어 매는 길마가 없었다면 벌써 소에서 떨어졌을 것이다.

"아아, 누가 좀 세워줘."

"소가 미쳐서 날뛰고 있다!"

"좀 구해줘. 여자가 불쌍해."

사람들이 지나다니는 길로 달려가고 있는 듯 오쓰의 귓가에 사람들의 목소리가 들렸다. 하지만 그 소리도 순식간에 뒤로 흘러갔다.

벌써 한냐般若 들판 근처였다. 오쓰는 완전히 넋이 나간 듯했고, 소는 멈출 줄을 몰랐다. 길가의 사람들은 뒤를 돌아보며 오쓰 대신 소리를 지르고 있었다. 그때 저편 네거리에서 가슴에 문서함을 걸고 있는 어느 집 하인으로 보이는 사내가 소 앞으로 걸어오고 있었다.

"위험해!"

누군가 주의를 주었지만 그 하인은 소를 향해 곧장 걸어갔다. 당연히 질풍처럼 내달리는 소의 콧등과 하인의 몸이 무서운 기세로 부딪친 것으로 보였다.

"아, 쇠뿔에 받혔다!"

"멍청한 놈!"

보고 있던 사람들은 하인의 무모함을 질책했다. 하지만 쇠뿔에 받혔다고 생각한 것은 그들의 착각이었다.

퍽!

둔탁한 소리가 사방에 울렸다. 하인이 느닷없이 소의 옆얼굴을 강하게 후려갈긴 것이었다.

너무 큰 충격을 받았는지 소는 굵은 목덜미를 옆으로 들어 올리며 빙그르 반 바퀴쯤 돌더니 갑자기 뿔을 정면으로 세우고 전보다 더 맹렬한 기세로 다시 달리기 시작했다.

그러나 이번엔 열 걸음도 가지 못하고 우뚝 멈춰 선 소는 입에서 침을 질질 흘리며 숨을 헐떡이다가 이내 얌전해졌다.

"아가씨, 빨리 내리시오."

하인이 뒤에서 소리쳤다.

이 놀라운 광경에 구름 떼처럼 모여든 사람들은 하인의 발밑을 보고 모두 눈이 휘둥그레졌다. 그의 한쪽 발이 소의 고삐를 밟고 있었기 때문이다.

"……?"

어느 집 하인일까? 무가의 하인 같지도 않고, 장사치가 부리는 사람 같지도 않다. 주위에 몰려든 사람들의 얼굴에선 금방 그런 궁금증을 읽을 수 있었다. 그리고 또 하인의 발과 그가 밟고 있는 고삐를 보고 혀를 내둘렀다.

"힘이 굉장하군."

오쓰는 소 등에서 내려 하인 앞에서 머리를 숙이고 있었지만, 아직 제정신이 아닌 듯 보였다. 게다가 주위에 몰려든 사람들을 보고 기가 질렸는지 좀처럼 가슴이 진정되지 않는 듯했다.

"이렇게 순한 소가 왜 갑자기 난폭해졌는지 모르겠군."

하인은 소의 고삐를 잡고 길가에 있는 나무에 매고는 그제야 납득이 간다는 듯 중얼거렸다.

"허허. 엉덩이에 칼에 베인 것 같은 큰 상처가 있군. 그래서 그랬어."

그가 소의 엉덩이를 바라보며 이렇게 중얼거리고 있을 때 주위의 사람들을 헤치며 한 무사가 앞으로 나왔다.

"아, 자네는 항상 인슌 님의 짚신을 들고 따라 다니는 호조인의 하인이 아닌가?"

그는 급하게 달려온 듯 숨을 헐떡이고 있었다. 야규 성의 기무라 스케쿠로였다.

5

호조인의 하인은 가슴에 걸고 있던 가죽 문서함을 벗으며 말했다.

"마침 잘 만났습니다."

그는 당주님의 심부름으로 이 서찰을 야규 성까지 가지고 가는 중이었는데, 괜찮으면 이곳에서 봐주지 않겠느냐며 문서함을 넘겨주었다.

"내게 말인가?"

스케쿠로가 확인차 묻고 서찰을 펼쳐 보니 어제 만났던 인슌이 보낸 것이었다.

쓰키가세에 있는 무사들에 대해 어제 이야기한 것은 그 후 자세

히 알아보니 도도 가의 무사가 아니라 부랑자들이 겨울을 나고 있는 것인 듯하네. 전날 내가 한 말은 잘못된 소문이었으니 취소하고 싶네. 그럼, 이만.

스케쿠로는 서신을 품에 넣었다.

"수고했네. 서찰의 내용처럼 우리도 조사해보았더니 그릇된 소문이라고 밝혀져 마음 놓고 있으니 걱정 마시라고 전해주게."

"그럼 저는 이만 물러가겠습니다."

하인이 인사를 하고 가려고 하자 스케쿠로가 그를 부르더니 다소 격을 갖춰서 말했다.

"자넨 언제부터 호조인에서 하인 노릇을 하고 있었나?"

"근래 새로 들어왔습니다."

"이름은?"

"도라조寅藏라고 합니다."

"응?"

스케쿠로는 그를 물끄러미 바라보더니 물었다.

"혹 쇼군將軍 가의 사범인 오노 지로에몬小野治郎右衛門 선생의 수제자 하마다 도라노스케浜田寅之助 님이 아니시오?"

"예?"

"저는 처음 뵙지만, 성 안에 어렴풋이 얼굴을 알고 있는 자가 있어서 인슌 스님의 하인이 오노 지로에몬의 수제자인 하마다 도라노스케 같다는 소문을 얼핏 들은 적이 있는데……."

"……허."

"다른 사람이오?"

"실은……."

하마다 도라노스케는 얼굴이 빨개져서 고개를 숙였다.

"사정이 있어서 호조인에서 하인 노릇을 하고는 있지만 스승님의 체면과 저의 부끄러움을 생각해서 부디 비밀로……."

"아니, 애초에 사정을 알고자 물어본 것은 아니오. 그저 평소에 혹시나 하고 생각하던 터라."

"이미 들으셔서 잘 알고 계시겠지만, 사정이 있어서 오노 지로에몬 스승님은 도장을 떠나 산으로 들어가셨습니다. 그 원인이 제 불찰에 있었기 때문에 저도 신분을 낮추어 호조인에서 장작을 패고 물을 길으며 수련을 쌓고자 신분을 감춘 채 지내고 있습니다. 부끄럽습니다."

"사사키 고지로佐々木小次郎인가 하는 자에게 오노 선생님이 패한 일을 고지로가 부젠豊前으로 가며 떠들어대서 세상이 다 알게 되었는데, 허면 스승의 오명을 씻기 위해 이리……."

"나중에요. ……나중에 다시."

도라노스케는 부끄러움을 가눌 수 없는 듯 그렇게 말하더니 갑자기 작별을 고하고 도망치듯 사라졌다.

삼씨

1

"아직도 돌아오시지 않았느냐?"

야규 효고는 바깥 중문까지 나와서 오쓰를 걱정하고 있었다. 오쓰가 우시노스케의 소를 타고 나간 후 시간이 꽤 흐른 뒤에야 그는 오쓰가 없어진 것을 알았다.

오쓰가 성 안에 없다는 것을 알게 된 것도 에도에서 서신이 도착해서 효고가 그것을 오쓰에게 보여주려고 오쓰를 찾기 시작했을 때였다.

"쓰키가세 쪽에는 누가 알아보러 갔느냐?"

효고가 문자 옆에 있는 가신들이 입을 모아 대답했다.

"일고여덟 명이 바로 뒤쫓아갔으니 심려치 마십시오."

"스케쿠로는?"

"성을 나가셨습니다."

"찾으러 간 것이냐?"

"예. 한냐 들판에서 나라까지 보고 온다며 나가셨습니다."

효고는 잠시 틈을 두었다가 크게 한숨을 내쉬며 말했다.

"어찌 된 일일까?"

효고는 오쓰에게 순수한 사랑을 품고 있었다. 스스로 순수하다고 생각하는 것은 오쓰가 누구를 사랑하고 있는지 그녀의 마음을 잘 알고 있었기 때문이다.

그녀의 마음에는 무사시武蔵라는 사내가 자리하고 있었다. 그래도 효고는 그녀가 좋았다. 에도의 히가쿠보日ヶ窪에서 야규로 오는 동안에도, 또 조부인 세키슈사이가 임종할 무렵까지 베갯머리에서 간병을 하는 동안에도 효고는 오쓰의 마음씨를 지켜보았다.

'저런 여인의 사랑을 받는 사내는 남자의 행복 중 하나를 가진 자다.'

그는 무사시가 부러웠다. 하지만 효고는 다른 사람의 행복을 빼앗으려는 욕심은 없었다. 그의 생각이며 행동 모두가 무사도의 철칙에 근거하고 있었다. 사랑도 무사도를 벗어나서는 할 수 없었다.

아직 만난 적은 없지만 오쓰가 선택한 남자라는 이유만으로도 효고는 무사시의 인물됨을 상상할 수 있었다. 그리고 언젠가는 오쓰를 무사히 그에게 돌려보내는 것이 조부의 유지遺志이기도 했고, 자신의 무사도에도 부합한다고 생각했다.

그런데 오늘 그는 편지 한 통을 받았다. 에도에 있는 다쿠안沢庵이 작년 10월 말에 보낸 것으로 무슨 연유에서인지 오늘에서야 도착한 그 편지에는 이렇게 쓰여 있었다.

무사시는 숙부인 다지마但馬 님, 야라이矢来의 호조 님 등의 추천에 의해 쇼군 가의 사범으로 등용이 결정되어……

그뿐 아니라 무사시도 취임하게 되면 곧 집이 생길 것이고, 곁에서 돌봐주는 이도 있어야 한다. 우선 오쓰만이라도 서둘러 에도로 보내도록 하고, 나머지 일은 다음 서신으로 알려주겠다는 내용이 쓰여 있었다.

'얼마나 기뻐할까?'

효고는 마치 자신의 일인 듯 편지를 들고 오쓰의 방으로 갔지만, 오쓰의 모습은 어디에서도 볼 수 없었다.

2

오쓰는 얼마 안 있어 스케쿠로와 함께 돌아왔다. 또 쓰키가세 쪽으로 갔던 무사들도 우시노스케와 만나 함께 돌아왔다. 우시노스케는 죄를 지은 사람처럼 한 사람 한 사람에게 일일이 용서를 구했다.

"용서해주십시오. 잘못했습니다."

그렇게 용서를 구한 후 바로 "어머니가 걱정하고 계셔서 저는 아라키 마을로 돌아가겠습니다."라고 말했지만 스케쿠로가 야단을 치며 붙잡았다.

"바보 같은 소리 마라. 지금 돌아가다간 중간에서 또 쓰키가세의 낭인들에게 붙잡혀 죽고 말 것이다."

또 다른 무사들에게도 "오늘 밤은 성 안에서 재워줄 테니 내일 돌아가거라."라는 말을 듣고 하인과 함께 바깥 성곽에 있는 장작 창고로 갔다.

방에서는 효고가 에도에서 온 서신을 오쓰에게 보여주며 그녀의 생각을 물었다.

"어찌 하시겠소?"

4월이면 숙부인 무네노리가 휴가를 얻어 에도에서 돌아올 것이다. 그때를 기다려 숙부와 함께 에도로 갈 것인지, 아니면 지금 당장이라도 혼자 떠날 것인지 묻고 있었다.

오쓰는 다쿠안의 서찰이라는 말을 듣자 먹향조차 너무 그리웠다. 하물며 서찰에 의하면 무사시가 머잖아 막부에서 일하며 에도에 저택을 갖게 될 것이라고 한다. 그동안 만나지 못했던 세월보다 그 소식을 들은 지금 이 순간, 마치 하루가 여삼추같이 느껴져서 4월까지는 도저히 기다릴 수 없을 것 같았다.

그녀는 당장이라도 길을 떠나고 싶은 마음을 감추지 못하고 작은 목소리로 떠나고 싶다는 바람을 밝혔다.

"내일이라도 당장……."

효고는 고개를 끄덕이며 말했다.

"그렇겠지요."

효고도 이곳에 오래 머무를 생각은 없었다. 몇 해 전부터 오바라尾原의 도쿠가와 요시나오德川義直 공이 부르고 있는 터라 어쨌든 한번은 나고야名古屋에 갈 생각이었다. 하지만 그것도 숙부가 오기를 기다렸다가 조부의 장례를 치른 뒤가 아니면 불가능하다. 될 수 있으면 중간까지라도 배웅해주고 싶지만, 그런 이유 때문에 오쓰가 먼저 떠난다면 혼자 여행을 할 수밖에 없는데 그래도 될지 걱정이었다.

"작년 10월 말에 보낸 서찰이 해를 넘겨 이제야 당도할 정도로 도중의 역참 사정이나 세상의 질서가 겉으로는 온화해 보이지만 아직 완전치가 않소. 여자 혼자 여행하는 건 불안하지만 그 또한 각오한 터라면……."

효고가 확인하듯 말하자 오쓰는 그의 깊은 호의를 절절히 느끼며 말했다.

"예……. 여행하는 데는 익숙하고 세상이 위험하다는 것도 조금은 알고 있으니 너무 심려하지 않으셔도 됩니다."

그날 밤 그녀는 에도로 떠날 채비를 마쳤고, 단출한 송별식도 했다.

그리고 다음 날 아침.

오늘도 날씨는 더없이 화창했다. 스케쿠로를 비롯해 오쓰와 정이 들었던 가신들은 모두 그녀를 배웅하기 위해 중문 양쪽에 늘어서 있었다.

3

"그래……."

오쓰를 보자마자 스케쿠로가 그렇게 중얼거리더니 옆에 있는 사람에게 말했다.

"하다못해 우지 부근까지만이라도 소를 태워 보내드리도록 하세. 마침 어젯밤, 우시노스케도 성 안의 장작 창고에서 묵게 했으니."

"그거 참 좋은 생각이오."

사람들도 동의하자 스케쿠로는 바로 우시노스케를 부르러 보냈다. 그리고 작별 인사를 나누고 오쓰를 잠시 중문에서 기다리게 했다.

그런데 얼마 후 돌아온 무사가 뜻밖의 말을 전했다.

"우시노스케가 보이지 않습니다. 하인에게 물어보니 간밤에 쓰키가세를 넘어 아라키 마을로 돌아갔다고 합니다."

"뭐? 어젯밤에 돌아갔다고?"

스케쿠로는 기가 찼다. 그 말을 들은 다른 자들도 모두 우시노스케의 강단에 놀라지 않을 수 없었다.

"그럼, 말을 끌고 오너라."

스케쿠로가 말하자 시종 한 명이 곧장 마구간으로 뛰어갔다.

"아니에요. 여자 몸으로 말을 타다니 당치도 않아요."

오쓰는 극구 사양했지만, 효고까지 나서서 강하게 권하자 어쩔 수가 없었다.

"그럼, 염치 불고하고……."

오쓰는 시종이 끌고 온 붉은색 말에 올라탔다.

말은 오쓰를 태우고 중문에서 대문에 이르는 완만한 언덕을 내려가기 시작했다.

우지까지는 시종 한 명이 고삐를 잡고 따라가기로 했다. 오쓰는 말 등에서 사람들을 돌아보며 인사했다. 그녀의 얼굴에 절벽에서 뻗어 나온 매화 가지가 닿았다. 그 가지에서 매화꽃 두세 송이가 향기를 뿜으며 떨어졌다.

'잘 가시오…….'

말로는 하지 않았지만 효고의 눈은 그렇게 말하고 있었다. 언덕 중간에서 떨어진 매화꽃 향기가 효고가 있는 곳까지 아련히 풍겨왔다. 효고는 참을 수 없는 쓸쓸함과 괴로움 속에서 진심으로 그녀가 행복하기를 빌었다.

오쓰의 모습은 서서히 성시의 길로 작아져갔다. 효고는 언제까지고 그 자리에 서 있었다. 이미 다른 사람들은 모두 돌아가고 없었다.

'무사시가 부럽구나.'

자신도 모르게 허전한 가슴 한구석에서 그렇게 뇌까리고 있는 효고의 등 뒤에 어젯밤 아라키 마을로 돌아갔다던 우시노스케가 어느새 와서 서 있었다.

"효고 님."

"아, 너구나."

"예."

"어젯밤엔 집에 갔었다고?"

"어머니가 걱정하고 계실 듯해서요."

"쓰키가세를 지나서?"

"예. 그곳을 지나지 않으면 마을로 갈 수 없어요."

"무섭지 않았느냐?"

"전혀요……."

"오늘 아침에는?"

"오늘 아침에도 그 길로……."

"낭인들에게는 들키지 않았고?"

"효고 님 이상해요. 산에 살던 낭인들이 어제 희롱한 여자가 야규 님의 성에 계신 분이라는 걸 알고는 틀림없이 야규 성의 무사들이 몰려올 거라고 법석을 떨며 밤새 모두 산을 넘어 어디론 가 가 버렸대요."

"하하하, 그러냐? ……그런데, 넌 오늘 아침에 무슨 일로 또 온 거냐?"

"저 말입니까?"

우시노스케는 다소 부끄러워하며 말했다.

"어제 기무라 님이 산의 참마가 맛있다고 칭찬해주셔서 오늘 아침에 어머니와 함께 참마를 캐서 가지고 왔어요."

4

"그러냐."

효고는 그제야 얼굴에서 쓸쓸함을 털어냈다. 오쓰를 잃은 공허함을 순박한 산골 소년이 잊게 해준 것이다.

"그럼, 오늘은 맛있는 참마 국을 먹을 수 있겠구나."

"효고 님도 좋아하시면 또 얼마든지 캐 올게요."

"하하하, 그리 마음을 쓰지 않아도 된다."

"오쓰 님은 어디 계세요?"

"방금 에도로 떠났다."

"에도로요? 그럼 어제 부탁한 건 효고 님과 기무라 님께 말씀 드리지 않았겠네요?"

"무슨 부탁 말이냐?"

"성의 하인으로 써달라는……."

"너는 그런 일을 하기엔 아직 어리니 나중에 오너라. 그런데 왜 성에서 일을 하고 싶은 것이냐?"

"검술을 배우고 싶어서요."

"흠……."

"가르쳐주세요. 예? 가르쳐주세요. 어머니가 살아 계시는 동 안에 실력을 닦아 보여드려야 해요."

"하지만 넌 이미 누군가에게 배우고 있었던 게 아니냐?"

"나무나 짐승을 상대로 그냥 혼자서 목검을 휘둘러봤을 뿐이에요."

"그걸로 됐다."

"하지만……."

"나중에 내가 있는 곳으로 찾아오너라."

"어디에 계시는데요?"

"아마 나고야에서 살게 될 거다."

"오바라의 나고야 말인가요? 어머니가 살아 계시는 동안에는 그렇게 먼 곳엔 갈 수 없어요."

어머니라는 말을 할 때마다 우시노스케의 눈에 눈물이 맺혔다. 효고도 어쩐지 가슴이 뭉클해져서 불쑥 말했다.

"오너라."

"……?"

"도장으로 와. 무사의 자질이 있는지 한번 보자."

"예?"

우시노스케는 꿈이 아닌가 하고 어리둥절한 표정을 지었다. 야규 성에 있는 도장의 오래되고 큰 지붕은 그가 늘 동경하며 바라보던 희망의 전당이었다.

그런데 야규 가의 제자도 아니고 가신도 아닌 일족에게서 지금 그곳으로 들어오라는 말을 듣자 우시노스케는 너무 기쁜 나머지 가슴이 쿵쾅거려서 말조차 제대로 할 수 없었다. 효고는 벌써 도장으로 가고 있었다. 우시노스케는 종종걸음으로 쫓아갔다.

"발을 씻거라."

"예."

우시노스케는 빗물이 고여 있는 연못에서 발을 씻었다. 발톱에 낀 흙까지 꼼꼼히 씻었다. 그리고 난생 처음으로 도장이라는 곳의 마루에 올라섰다. 마루는 거울 같았다. 자신의 모습이 비치는 것 같았다. 사면의 단단한 판자벽, 우람하고 튼튼한 대들보. 우시노스케는 위압감을 느끼며 그 자리에 우뚝 섰다.

"목검을 들어라."

도장에 들어오니 효고의 목소리마저 달라진 듯했다. 정면 옆에 있는 무사 대기소에 목검이 걸려 있는 벽이 보였다. 우시노스케는 그곳으로 가서 검은 목검 한 자루를 골랐다. 효고도 목검을 들더니 그것을 수직으로 내리고 마루 한가운데로 나왔다.

"준비 됐느냐?"

우시노스케는 들고 있던 목검을 팔과 평행으로 올리고 대답했다.

"옙!"

5

효고는 목검을 올리지 않았다. 오른손에 목검을 든 채 몸만 약간 비스듬히 벌렸을 뿐이다.

"……."

그에 비해 우시노스케는 목검을 중단으로 올리고 고슴도치마냥 온몸을 곧추세우고 있었다. 그리고 당찬 얼굴로 눈썹을 추켜세우고 투지를 불태우고 있었다.

'간다!'

효고가 눈빛으로 공격할 뜻을 보이자 우시노스케는 어깨에 잔뜩 힘이 들어간 채 고함을 질렀다.

"이얍!"

그 순간 효고는 마룻바닥을 쿵쿵쿵 울리며 우시노스케 쪽으로 다가오더니 한 손에 든 목검으로 우시노스케의 옆구리를 후려쳤다.

"아직!"

우시노스케는 소리를 질렀다.

그리고 발로 등 뒤의 널빤지를 박차는 듯한 소리를 내며 효고의 어깨를 훌쩍 뛰어넘었다.

효고는 몸을 낮추면서 왼손으로 우시노스케의 발을 툭 쳤다. 우시노스케는 잠자리처럼 한 바퀴 빙글 돌더니 효고의 뒤편으로 공중제비를 돌았다.

손에서 놓친 목검이 얼음판 위를 미끄러지듯 저편으로 날아갔다. 벌떡 일어난 우시노스케는 굴하지 않고 목검이 있는 곳으로 뛰어가서 주우려고 했다.

"이제 됐다!"

효고가 맞은편에서 이렇게 말하자 우시노스케는 뒤를 돌아보며 소리쳤다.

"아직이요!"

그리고 목검을 주워서 새끼 독수리 같은 기세로 효고를 향해 달려들며 휘둘렀다. 그러나 효고가 목검 끝을 똑바로 겨누자 우시노스케는 그 자세로 중간에 우뚝 멈추고 말았다.

"……."

우시노스케의 눈에는 분노에 찬 눈물이 고였다. 효고는 그 모습을 물끄러미 바라보며 속으로 생각했다.

'무사의 혼이 깃든 아이구나.'

하지만 효고는 일부러 눈을 부릅뜨고 소리쳤다.

"이놈!"

"예!"

"이 효고의 어깨를 뛰어넘다니 무엄하구나."

"……?"

"허물없이 대해줬더니 천한 놈이 예의도 모르고 말이야. 꿇어라!"

우시노스케는 무슨 영문인지 몰랐지만 사죄를 하려고 무릎을 꿇고 앉아 바닥에 두 손을 짚었다. 그러자 효고가 그의 눈앞으로 목검을 툭 내던지더니 허리에 차고 있던 검을 빼서 우시노스케의 얼굴 쪽으로 내밀었다.

"처벌을 내리겠다. 시끄럽게 굴면 이 칼로 내려칠 테다."

"예? 저를요?"

"목을 내밀어라!"

"……?"

"무사가 무엇보다도 중히 여기는 것은 예의범절이다. 농부의 자식이라곤 하나 지금의 행동은 용서할 수 없다."

"그럼, 제 목을 치시겠다는 말씀인가요?"

"그렇다."

우시노스케는 효고의 얼굴을 한동안 바라보다가 체념한 듯 말했다.

"어머니, 저는 이곳에서 죽을 것 같습니다. 너무 서러워하지 마시고 불효자식을 두셨다 생각하시고 용서하십시오."

우시노스케는 아라키 마을을 향해 절을 한 후 조용히 목을 내밀었다.

6

효고는 싱긋 웃으며 칼을 칼집에 꽂고 우시노스케의 등을 두드리며 달랬다.

"됐다, 됐어. 장난 친 거다. 뭣 때문에 너 같은 아이의 목을 베겠느냐?"

"예? 지금 하신 말씀이 농담이라고요?"

"안심하거라."

"무사는 예의범절을 중히 여겨야 한다고 말씀하시고는 그런 장난을 쳐도 되는 건가요?"

"화내지 말거라. 네가 무사가 될 만한 자격이 있는지 시험해 본 것이니 말이다."

"전 정말인 줄 알았잖아요."

우시노스케는 그제야 안도의 숨을 내쉬었다. 동시에 화가 난 듯했다. 효고도 미안한 마음이 들어 다정한 얼굴로 달래며 물었다.

"너는 아까 아무에게도 검술을 배우지 않았다고 했지만 거짓말일 게다. 처음에 내가 일부러 너를 벽으로 몰아세웠을 때 대부분의 어른들은 그 상태가 되면 그대로 벽을 등지고 졌다고 했을 텐데 너는 내 어깨를 뛰어넘었다. 그런 행동은 3, 4년 목검 연습을 한 사람도 할 수 없는 행동이다."

"하지만 전 아무한테도 배운 적이 없는걸요."

"거짓말."

효고는 믿지 않았다.

"아무리 숨겨도 소용없다. 너는 좋은 스승을 모시고 있음이 틀림없어. 어째서 스승의 이름을 밝히지 않는 것이냐?"

효고가 계속 캐묻자 우시노스케는 입을 다물어버렸다.

"잘 생각해봐라. 누군가에게 배운 적이 있을 게야."

그러자 갑자기 우시노스케가 얼굴을 들더니 말했다.

"아아, 있어요, 있어. 그러고 보니 저를 가르쳐준 게 있었어요."

"누구냐?"

"사람이 아니에요."

"사람이 아니면 귀신이냐?"

"삼의 씨앗이에요."

"뭐라고?"

"삼씨요. 새 모이로도 주는 그 삼씨요."

"이상한 놈일세. 삼씨가 어찌 네 스승이란 말이냐?"

"저희 마을에는 없지만 산속으로 좀 깊이 들어가면 이가伊賀 무리라느니 고가甲賀 무리라 불리는 닌자들이 사는 집이 많이 있는데, 그 이가 무리들이 수련하는 걸 보고 저도 따라서 수련했어요."

"그래? ……삼씨로 말이냐?"

"초봄에 삼씨를 뿌리면 흙에서 파란 싹이 나와요."

"그걸로 뭘 하는데?"

"뛰어넘어요. 매일 삼의 싹 위를 뛰어넘는 게 수련이에요. 날이 따뜻해지면 삼만큼 빨리 자라는 것도 없을걸요? 그걸 아침에 뛰어넘고 밤에 뛰어넘는 사이에 삼도 한 자, 두 자, 석 자, 넉 자로 쑥쑥 자라니까 게으름을 피우다간 그 속도를 못 맞춰서 결국엔 뛰어넘을 수 없을 만큼 자라버리죠."

"그럼 네가 그 수련을 했단 말이냐?"

"예. 저는 봄부터 가을까지 작년에도 했고 재작년에도……."

"그렇구나."

효고가 무릎을 치며 감탄하고 있을 때였다. 도장 밖에서 기무라 스케쿠로가 그를 부르며 무언가를 들고 왔다.

"효고 님, 에도에서 다시 이런 서찰이 도착했습니다."

7

서찰은 역시 다쿠안이 보낸 것이었다.

지난번 보낸 편지에 적은 내용이 갑자기 변경되었기에…….

서두에 쓰여 있는 대로 먼저 보낸 서찰의 추신을 적은 두 번째 서찰이었다.

"스케쿠로."

"예!"

"오쓰 님은 아직 얼마 가지 못했겠지?"

효고는 서찰을 다 읽더니 마음이 급한 표정으로 느닷없이 말했다.

"글쎄요. 말을 탔더라도 시종이 걸어서 따라갔으니 아직 20리도 채 못 갔을 겁니다."

"그럼 지금 당장 쫓아가서 붙잡아야겠다."

"예. 그런데 무슨 급한 볼일이라도……."

"서찰에 의하면 무사시의 쇼군 가 등용이 그의 신상에 의심스런 점이 있다 하여 취소되었다는구나."

"예? 취소되었다고요?"

"그런 줄도 모르고 그처럼 기뻐하며 에도로 떠난 오쓰 님에게 들려주고 싶지 않은 소식이지만 그렇다고 저대로 내버려둘 수도 없고."

"그렇다면 제가 그 서찰을 가지고 가서 모셔오겠습니다."

"아니다. 내가 가겠다. 우시노스케, 급한 일이 생겼으니 나중에 다시 오너라."

"예."

"때가 올 때까지 수련을 게을리 하지 말거라. 어머니께도 효도하고."

효고는 어느새 도장 밖으로 달려 나가더니 마구간에서 말 한 필을 끌어내 그것을 타고 우지 쪽으로 곧장 달려갔다.

하지만 그는 말을 타고 가는 도중에 문득 생각을 고쳐먹었다.

'무사시가 쇼군 가의 사범이 되고 안 되고는 그녀의 사랑에 아무런 문제가 되지 않아. 그녀는 오직 무사시를 만나고 싶은 거야. 4월까지 기다리지도 못하고 저렇게 혼자 떠난 것만 봐도…….'

효고는 서찰을 보여주고 다시 돌아갈 것을 권해봤자 덧없이 발길을 돌릴 리도 없을 테고, 그저 공연히 그녀의 마음을, 모처럼의 여정을 암담하고 우울하게 만들 뿐이라고 생각했다.

"워, 워."

효고는 성에서 10리나 달려오고 나서 말을 세웠다. 앞으로 10리만 더 달려가면 따라잡을 수 있을 것이다. 하지만 그는 그것이 소용없는 짓이라는 것을 깨달았다.

'무사시와 만나서 두 사람이 재회의 기쁨을 나눈다면 이런 일은 사소한 문제에 지나지 않을 것이다.'

그는 천천히 말머리를 야규 쪽으로 돌렸다.

길가에 머리를 내민 봄빛들은 생기로 가득했고 그의 모습도 한가로워 보였지만, 그의 가슴속에서는 뿌리칠 수 없는 연정이 솟구쳤다.

'한 번만이라도 다시 볼 수 있다면……'

그런 미련 때문에 직접 말을 달려 오쓰의 뒤를 쫓아온 것이 아니었나?

그렇게 묻는 사람이 있다면 효고는 "아니야."라고 단호하게 부정할 수만은 없을 것이다.

효고의 가슴은 오쓰의 행복을 비는 마음으로 가득 차 있었다. 무사라는 신분에도 미련과 불만이 있었다. 하지만 그것은 무사도라는 본질을 꿰뚫어보는 경지에 이르기까지의 한 과정에 지나지 않는다. 번뇌의 순간에서 한 발 벗어나면 몸은 봄바람처럼 가벼워지고, 눈은 버드나무의 초록빛에 깨어나고, 또 다른 세상이 펼쳐진다.

'청춘을 불사를 수 있는 것이 어찌 사랑뿐이겠는가! 시대는 바야흐로 거대한 파도처럼 손을 높이 들고 세상의 젊은이들을 부르고 있다. 길가에 핀 꽃에 한눈팔지 말자! 흐르는 시간을 아쉬워하며 그 시대의 파도를 놓치지 말고 잡자.'

효고는 마음속으로 그렇게 외쳤다.

야외 시합

1

오쓰가 야규를 떠난 지도 벌써 20여 일이 지났다. 떠난 사람은 나날이 흐릿해져갔지만, 봄은 나날이 짙어졌다.

"사람들이 꽤나 많군."

"오늘은 나라의 날씨가 드물게 화창하기 때문인 듯합니다."

"소풍 겸 나온 건가?"

"그래 보입니다."

야규 효고와 기무라 스케쿠로였다.

효고는 삿갓을 썼고, 스케쿠로는 법사 두건 비슷한 것을 머리에 두르고 잠행을 나왔다. 소풍 겸이라는 말이 자신들을 두고 한말인지 길 가는 사람들을 두고 한 말인지 알 수 없지만 두 사람의 얼굴에는 가벼운 쓴웃음이 스쳐 지나갔다.

시종은 아라키 마을의 우시노스케였다. 근래 우시노스케는 효고의 총애를 받아 전보다도 자주 성에 드나들었는데, 오늘은 두 사람의 시종으로 등에 도시락 꾸러미를 지고 효고가 갈아 신을 짚신 한 켤레를 허리춤에 찬 채 따라다니고 있었다.

이윽고 이 세 사람과 거리의 사람들은 마치 약속이라도 한 듯 모두 마을 안의 넓은 들판으로 몰려갔다. 들판 옆에 있는 고후쿠사興福寺의 가람을 숲이 둘러싸고 있었고, 우뚝 솟아 있는 탑도 보였다. 또 들판 맞은편의 고지대에는 승방과 신관의 거처가 보였고, 그 앞에 낮게 자리 잡고 있는 나라의 마을들이 낮에도 안개에 싸인 것처럼 아련하게 보였다.

"벌써 끝났나?"

"점심시간일 겁니다."

"그렇군. 도시락을 꺼내는 걸 보니 법사들도 밥을 먹으려나 보군."

효고가 이렇게 말하자 스케쿠로는 재미있는지 웃음을 터뜨렸다. 대략 400~500명에 달하는 사람들이 들판에 모여 있었지만, 들판이 워낙 넓어서 드문드문 보일 뿐이었다.

마치 봄날의 들판에서 볼 수 있는 사슴처럼 어떤 이는 서 있고, 어떤 이는 앉아 있고, 어떤 이는 어슬렁어슬렁 돌아다니고 있다.

하지만 이곳은 봄날의 들판이 아니라 예전 헤이안平安 3조의 나이시가하라內侍ヶ原였다. 이곳에서 오늘 뭔가 공연이 있는 모양이다.

하지만 공연이라 해도 도시를 제외한 곳에서는 임시 건물을 짓는 일이 흔치 않아서 유명한 마술사가 오거나 활쏘기와 검술 같은 도박 경기가 개최되어도 야외에서 행사가 열렸다.

오늘 행사는 단순히 그런 구경거리가 아니라 훨씬 진지한 것인 듯했다. 1년에 한 번씩 호조인의 창 법승들이 모여서 공개적으로 시합을 벌이는 날인 것이다. 이 시합의 결과에 따라 호조인의 서열이 정해지기 때문에 많은 법사와 무사 들은 사람들 앞에서 치열하게 싸웠다.

하지만 지금 들판의 분위기는 너무나 한가해 보였다. 단지, 들판 한쪽의 서너 군데에 쳐놓은 장막 주위에서 법의를 짧게 걷어올린 법사들이 떡갈나무 잎으로 싼 도시락을 먹거나 차를 마시고 있을 뿐이었다. 한가해 보인다는 말이 꼭 들어맞는 광경이었다.

"스케쿠로."

"예!"

"한참 걸릴 것 같으니 우리도 어디 앉아서 밥을 먹을까?"

"잠깐만 기다리십시오."

스케쿠로는 적당한 장소가 없는지 주위를 둘러보았다. 그러자 우시노스케가 재빨리 어디선가 멍석 한 장을 가지고 와서 적당한 곳에 깔았다.

"효고 님, 여기 앉으십시오."

'눈치 빠른 녀석.'

효고는 그의 기민함에 감탄하면서도 한편으로는 그러한 점이 장차 대성하는 데 있어 걸림돌이 되지나 않을까 다소 걱정이 되기도 했다.

2

그들은 멍석 위에 앉아서 대나무 잎으로 싼 도시락을 펼쳤다. 현미로 만든 주먹밥에 매실 장아찌와 된장이었다.

"맛있군."

효고는 푸른 하늘 아래에서 도시락을 먹는 즐거움을 만끽하고 있었다.

"우시노스케."

스케쿠로가 불렀다.

"예."

"효고 님께 따뜻한 물 한 그릇을 드리고 싶구나."

"그럼 저쪽 법사들이 있는 곳에 가서 좀 구해 올까요?"

"그렇게 하거라. 하지만 호조인 사람들에게 야규 가 사람들이 와 있다는 건 비밀로 해야 한다."

효고도 옆에서 주의를 주었다.

"인사라도 하러 오면 성가셔서 그런다."

"예."

우시노스케가 멍석 끄트머리에서 일어서려는데 아까부터 저쪽에서 들판을 둘러보며 멍석을 찾고 있는 두 명의 나그네가 있었다.

"응? 멍석이 없어. 멍석이 없어졌어."

효고 일행이 있는 곳에서 10간間(1간은 약 1.8미터)쯤 떨어진 곳이었는데 그 근방에는 낭인들과 여자, 마을 사람들이 드문드문 있었지만 그들이 잃어버린 멍석을 깔고 앉아 있는 사람은 아무도 없었다.

"이오리伊織, 이제 됐다."

찾다가 지쳤는지 한 사람이 말했다. 둥근 얼굴과 단단한 근육질의 다부진 몸집을 한 사내로 넉 자 두 치쯤 되는 떡갈나무 지팡이를 들고 있었다. 이오리와 함께 있다면 그는 말할 것도 없이 무소 곤노스케夢想権之助다.

"이제 그만둬라. 찾지 않아도 돼."

곤노스케가 거듭해서 그렇게 말했지만 이오리는 단념할 수 없다는 표정으로 말했다.

"분명 어떤 놈이 가져간 게 틀림없어요."

"괜찮다니까. 그깟 게 뭐가 그리 중요하다고."

"멍석 한 장이라도 말없이 가져간 그 심보가 괘씸하잖아요."

"……."

곤노스케는 벌써 멍석은 잊고 풀밭 위에 앉아 먹통을 꺼내 점심 전까지 여행에 든 경비를 적고 있었다. 그가 여행 중에도 이렇게 꼼꼼히 경비 따위를 적게 된 것은 이오리와 여행을 하며 그에게 감탄한 이후부터였다. 이오리는 때론 아이답지 않게 지나칠 정도로 생활력이 강했다. 낭비란 걸 모르고 꼼꼼한 성격이어서 자연스럽게 한 그릇의 밥에도 매일의 날씨에도 감사할 줄 알았다.

그래서인지 또 남의 잘못된 행동은 용서하지 않는 결벽증도 지니고 있었다. 이 결벽증은 무사시를 떠나 사람들과 어울릴수록 더 커져만 갔다. 비록 한 장의 멍석이라도 남이 곤란해지는 건 상관 않고 말없이 가져간 자의 심보가 괘씸했던 것이다.

"아. 저자들인가 보다."

이오리는 곤노스케가 여행길에 갖고 다니며 잠자리로 쓰는 멍석을 태연하게 깔고 앉아서 도시락을 먹고 있는 세 사람을 마침내 찾아냈다.

"야, 거기!"

이오리는 그곳으로 달려가다가 열 걸음 정도 앞에서 우선 멈춰 서서 따져 물을 말을 찾고 있었다. 그때 마침 물을 얻으러 가기 위해 자리에서 일어선 우시노스케가 다가오며 대꾸했다.

"뭐야?"

3

이오리는 올해 열넷, 우시노스케는 열셋이었다. 그러나 우시노스케 쪽이 나이는 훨씬 더 들어 보였다.

"뭐야라니?"

이오리는 우시노스케의 무례한 말투를 따졌다. 우시노스케는 이곳 사람 같지 않은 이 작은 나그네를 얕잡아보았다.

"왜 뭐가 불만인데? 네가 불러서 나도 대꾸한 건데."

"남의 물건을 말없이 가져가는 건 도둑이나 하는 짓이야."

"도둑? 이놈이 나보고 도둑이라고?"

"그래. 우리가 저기 둔 멍석을 말없이 가지고 갔잖아!"

"저 멍석 말이야? 저 멍석은 거기 떨어져 있어서 가져온 거야. 그깟 멍석이 뭐라고……."

"멍석 한 장이라도 여행하는 사람에겐 비를 피하고 밤엔 이불이 되는 소중한 물건이야. 돌려줘."

"돌려줄 수도 있지만 네 말투가 괘씸해서 못 주겠다. 방금 도둑이라고 한 말을 사과하면 돌려주지."

"자기 물건을 돌려받는 데 사과하는 바보가 어딨어? 돌려주지 않으면 힘을 써서라도 가져가겠어."

"어디 한번 가져가 봐. 아라키 마을의 우시노스케가 너 따위한테 질 것 같으냐?"

"건방진 놈."

이오리도 지지 않고 작은 어깨를 으쓱거리며 말했다.

"이래 봬도 난 무사의 제자다."

"좋아. 이따가 저쪽으로 와. 주위에 사람들이 있다고 큰소리를 치는데, 혼자 떨어지면 찍소리도 못할걸?"

"지금 그 말을 잊지 마라."

"꼭 오기나 하시지."

"어디로?"

"고후쿠 사의 탑 아래로 와. 다른 사람은 데리고 오지 말고."

"알았다."

"내가 손을 들면 오는 거다. 알았어?"

둘은 말싸움만 하다 일단 헤어졌다.

우시노스케는 바로 물을 얻으러 갔다. 그리고 어디서 구했는지 그가 병에 따뜻한 물을 담아 들고 돌아올 무렵, 들판 한가운데서 흙먼지가 일고 있었다. 법사들의 시합이 마침내 시작된 것이었다. 사람들은 그것을 보기 위해 큰 원을 지으며 몰려들었다.

우시노스케가 그 원 뒤로 물병을 들고 지나갔다. 곤노스케와 나란히 구경하고 있던 이오리가 고개를 돌려 우시노스케를 보았다. 이오리와 눈이 마주친 우시노스케는 그를 눈빛으로 도발했다.

'이따가 와!'

이오리도 눈빛으로 대답했다.

'가고말고. 각오나 해.'

나이시가하라의 한가로운 봄도 시합이 시작되자 일변하여 이따금 피어오르는 누런 먼지에 사람들은 함성을 질렀다.

이기느냐 지느냐.

승리의 자리로 자신을 끌어 올린다.

시합이란 그런 것이다.

아니, 시대가 그랬다.

소년의 가슴에도 그런 시대상이 반영되었다. 그들은 그런 환경 속에서 자랐다. 태생적으로 허약하게 태어난 자는 온전히 사람 구실을 할 수 없듯이 열서너 살 무렵부터 이미 스스로가 납득하지 못하면 굴복할 수 없는 기개가 키워지고 있었다. 멍석 한 장의 문제가 아니었다.

하지만 이오리나 우시노스케도 어른 일행이 있었기 때문에 잠시 동안은 그들 곁에서 시합을 구경하고 있었다.

4

아까부터 장대 같은 긴 창을 세우고 들판 한가운데에 서 있는 법사가 있었다. 그를 향해 여럿이 창을 들고 덤벼들었지만 모두 나가떨어지는 바람에 이제는 맞서 싸울 자가 거의 없었다.

"앞으로 나서라!"

법사가 재촉을 했지만 선뜻 나서는 자가 없었다. 이럴 때는 나서지 않는 것이 현명하다는 듯 동쪽 장막에서도 서쪽 대기소에서도 마른침만 삼키며 그저 법사가 하는 말을 듣고만 있을 뿐이었다.

"나서는 이가 없으면 소승은 물러가겠소. 오늘 시합에서 주린인十輪院의 이 난코南光가 제일이라는 사실에는 이견이 없겠지요?"

그는 동쪽과 서쪽을 번갈아 돌아보며 도발했다. 주린인의 난코는 선대인 인에이로부터 호조인의 창법을 직접 물려받아 일파를 세우고 주린인의 창이라 하여 인순과는 서로 반목하고 있는 사이였다. 그런데 오늘 인순은 두려워서인지, 싸움을 피하기 위해서인지 모습을 나타내지 않았다. 병 때문이라는 것이 공식적인 이유였다.

난코는 호조인의 제자들을 마음껏 유린했다는 듯 이윽고 세우고 있던 창을 옆으로 누이며 말했다.

"그럼, 더 이상 상대가 없으니 난 물러가겠소."

"잠깐!"

그때 한 승려가 창을 기울여 들고 뛰어나오며 소리쳤다.

"인순의 제자, 다운陀雲이오."

"오!"

"소승이 상대하겠소."

"오너라!"

두 사람의 발뒤꿈치에서 흙이 튀어 올랐다. 그 발이 땅에서 떨어진 순간 창과 창이 마치 살아 있는 생명체처럼 서로를 노려보고 있었다.

이젠 끝인가 하고 실망하던 사람들이 환호성을 지르며 좋아했다. 그러나 이내 숨이 막힌 듯 그들은 아무 소리도 내지 않았다. 그리고 쿵! 하고 강한 소리가 울렸을 때 창이 창대를 때린 줄 알았더니 다운이라는 승려의 머리가 난코의 창을 맞고 날아가 버렸다.

다운은 바람을 맞은 허수아비처럼 옆으로 푹 고꾸라졌다. 서쪽 대기소에서 서너 명의 법사가 우르르 달려 나오자 다시 시합이 벌어지는가 하고 기대했지만 그들은 다운의 몸뚱이를 짊어지고 물러가 버렸다.

난코는 더욱 기고만장해져서 어깨를 한껏 치켜세우며 말했다.

"용기 있는 이가 아직 남아 있을 듯한데 있다면 빨리 나오시오. 서너 명이 한꺼번에 달려들어도 상관없소."

바로 그때, 대기소의 장막 뒤에 한 수도승이 궤를 내려놓았다. 그는 홀가분해진 몸으로 호조인의 승려들 앞으로 가서 물었다.

"시합은 호조인의 제자 분들만 할 수 있는 겁니까?"

호조인의 승려들이 그렇지 않다고 대답했다.

그리고 도다이 사東大寺 앞과 사루자와猿沢 연못가에 세워놓은 팻말에 적힌 내용대로 무사의 길에 뜻을 둔 자라면 누구를 막론하고 시합을 할 수 있지만, 예로부터 거칠고 용맹한 중들만 모여 창술을 수련한다는 호조인의 야외 시합에 자진해서 나서서 치욕을 당하거나 한쪽 다리가 부러져 돌아가는 바보는 없다고 설명해주었다.

그러자 그는 앉아 있는 법사들에게 일단 인사를 하고 말했다.

"그렇다면 소인이 한번 그 바보가 되어보려는데 목검을 빌릴 수 있을까요?"

5

사람들 사이에서 들판의 시합을 구경하던 효고가 뒤돌아보며 말했다.

"스케쿠로, 재미있어지는구나."

"수도승이 나설 모양입니다."

"그럼 승패는 이미 갈린 것이나 마찬가지다."

"난코가 이길까요?"

"아니, 아마 난코는 시합을 하지 않을 거야. 시합을 하면 그도 모자란 놈이지."

"예? 그렇습니까?"

스케쿠로는 이해가 가지 않는다는 표정을 지었다.

난코에 대해 잘 아는 효고가 한 말이긴 해도 어째서 지금 나선 수도승과 시합을 하면 모자란 인간이 된다는 말인지 스케쿠로는 그것이 미심쩍었지만, 얼마 지나지 않아 스케쿠로도 그 뜻을 알게 되었다.

그때 들판 한가운데에서 목검을 빌린 수도승이 난코 앞으로 가서 자세를 취했다. 스케쿠로는 그 모습을 보고 비로소 알게 되었던 것이다.

오미네大峰 사람인지 쇼고인聖護院 유파인지 처음 보는 수도승이었지만 나이는 마흔 전후였고, 강철 같은 육체는 수련으로 단련했다기보다 전장에서 만든 것이었다. 생사를 달관한 후에야 만들 수 있는 육체였다.

"잘 부탁드리겠습니다."

수도승의 말은 온화했고 눈빛도 부드러웠다. 하지만 그는 생사의 경계를 초월한 사람이었다.

"외부인이오?"

난코는 새로 나타난 상대를 보며 말했다.

"그렇소. 번외 시합이 되겠구려."

수도승이 가볍게 목례를 하자 난코가 창을 똑바로 세우며 외쳤다.

"잠깐 기다리시오."

난코는 시합을 하면 안 되겠다고 깨달은 듯했다. 기술에선 앞설지 모르지만 이 새로운 적수는 결코 이길 수 없다는 것을 느꼈을 것이다. 게다가 당시 수도승 중에는 신분과 출신을 숨기고 있는 사람이 많아서 상대가 누군지도 모르고 대적하기보다는 피하는 것이 현명하다고 판단했을 것이다.

"외부 사람과는 시합을 하지 않겠소."

난코는 고개를 저었다.

"아니, 방금 저쪽에서 들은 바에 의하면……."

수도승은 자신이 시합에 나선 것이 부당하지 않은 이유를 온화하게 말하고 시합을 강행하려고 했지만, 난코가 다시 한 번 자신의 뜻을 전하며 한사코 거부했다.

"저들은 저들이고, 나는 나요. 내 창은 누구에게나 마구 휘두르는 창이 아니오. 창으로 법신法身을 단련하고 있는 이것은 일종의 불행佛行이오. 외부인과의 시합은 내가 바라지 않소."

"하하하."

수도승은 쓴웃음을 지었다. 그리고 무슨 말인가를 더 하려다가 사람들이 보고 있는 앞에서 할 말은 아니라는 듯 대기소의 승려에게 목검을 돌려주더니 순순히 어디론가 사라졌다.

그것을 계기로 난코도 퇴장했다. 그의 구차한 변명을 대기소에 있는 법사들과 구경꾼들은 비겁하다고 수군거렸지만 난코는 전혀 개의치 않고 두세 명의 제자를 거느리고 개선장군처럼 돌아가 버렸다.

"어떤가, 스케쿠로?"

"예상하신 대로입니다."

"뻔하지."

효고가 덧붙여서 말했다.

"저 수도승은 아마 구도 산九度山의 무리일 걸세. 두건과 백의를 투구와 갑옷으로 갈아입으면 예전에 이름을 꽤나 날렸을 법한 인물임이 틀림없어."

시합이 끝났다는 걸 알리자 사람들은 제각기 흩어지기 시작했다. 스케쿠로는 주위를 둘러보더니 중얼거렸다.

"어? 어디로 갔지?"

"무슨 일인가?"

"우시노스케가 보이지 않습니다."

소년과 소년

1

그것은 분명 약속이었다. 단둘이 만나자는 약속이었다. 함께 온 어른들이 모두 시합에 정신이 팔려 있을 때 우시노스케가 오라는 눈짓을 하자 이오리는 곤노스케에게도 말하지 않고 사람들 틈에서 빠져나왔다.

우시노스케도 효고와 스케쿠로가 알아차리지 못하게 그곳을 빠져나와 고후쿠 사의 탑 아래로 갔다.

"야."

"왜?"

5층탑 아래에서 두 꼬마 무사가 서로를 노려보았다.

"목숨을 잃더라도 나중에 원망하지 마라."

이오리가 말하자 칼을 갖고 있지 않은 우시노스케가 몽둥이를 주워들며 말했다.

"건방 떨지 마!"

칼을 갖고 있던 이오리는 칼을 뽑자마자 우시노스케에게 달려들었다.

"이 새끼야!"

우시노스케가 펄쩍 뛰어서 뒤로 물러나자 이오리는 그가 겁을 먹은 줄 알고 다시 달려들며 칼을 휘둘렀다.

그 순간, 우시노스케는 이오리를 삼씨로 생각하고 뛰어오르면서 발로 이오리의 얼굴을 공중에서 걷어찼다.

"악!"

이오리는 한 손으로 귀를 감싸고 넘어졌지만 이내 벌떡 일어나서 다시 칼을 휘둘렀다. 우시노스케도 몽둥이를 휘둘렀다. 이오리는 무사시의 가르침은 물론이고 평소 곤노스케에게 배운 것도 몽땅 잊어버렸다. 자기가 먼저 칼을 휘두르며 들어가지 않으면 상대에게 얻어맞을 것 같은 생각이 들었다.

눈.

눈.

눈.

무사시에게 질리도록 들은 말은 이미 머릿속에 없었다. 이오리는 그 눈을 질끈 감고 맹목적으로 칼과 함께 상대에게 돌진했다. 기다리고 있던 우시노스케는 몸을 가볍게 피하더니 몽둥이로 이오리를 강하게 내려쳐서 쓰러뜨렸다.

"으으으……."

이오리는 일어설 수 없었다. 칼을 쥔 채 땅바닥에 쭉 뻗고 말았다.

"이겼다, 내가 이겼다!"

우시노스케는 득의양양해서 소리치다가 이오리가 움직이지 않자 갑자기 무서웠는지 산문 쪽으로 뛰기 시작했다.

"이놈!"

사방을 둘러싼 나무들이 울부짖듯이 누군가 그의 등 뒤에서 고함을 쳤다. 그와 동시에 넉 자 정도의 지팡이가 바람을 가르며 날아오더니 그의 허리께를 쿡 찔렀다.

"악!"

우시노스케가 옆으로 굴렀다.

곧이어 지팡이 너머에서 달려오는 사람이 있었다. 이오리를 찾으러 온 무소 곤노스케였다.

"거기 그대로 있어!"

목소리가 가까워지자 우시노스케는 허리가 아픈 것도 잊고 재빨리 일어났다. 그리고 열 걸음쯤 뛰어갔나 싶었을 때 산문에서 들어온 사람과 정면으로 부딪쳤다.

"우시노스케 아니냐?"

"……어?"

"무슨 일이야?"

기무라 스케쿠로였다. 우시노스케는 황급히 스케쿠로 뒤에 숨었다. 우시노스케를 쫓아온 곤노스케와 스케쿠로는 아무 예고도 없이 갑작스레 눈과 눈이 마주치자 순식간에 서로 대치하는 자세가 되고 말았다.

2

눈과 눈이 마주쳤을 때 두 사람 사이에는 험악한 기운이 감돌며 당장이라도 싸움이 벌어질 것 같았다.

스케쿠로의 손은 칼로, 곤노스케의 손은 지팡이로. 그야말로 일촉즉발의 상황이었다. 그러나 아무 일 없이 상황이 진정되고 두 사람이 대화를 통해 사태의 진상을 파악할 수 있었던 것은 다행히도 두 사람이 상대의 인성을 꿰뚫어보는 날카로운 직관력을 가지고 있었기 때문이라 할 수 있을 것이다.

"자세한 내막은 알 수 없지만, 무슨 연유로 어른스럽지 못하게 어린아이를 해하려 하시오?"

"오히려 내가 묻고 싶은 말이오. 저기 탑 아래에 쓰러져 있는 아이를 보시오. 저 아이한테 얻어맞고 정신을 잃고 괴로워하고 있소이다."

"저 아이가 그쪽 일행이오?"

"그렇소."

곤노스케는 그렇게 말하고 곧 되물었다.

"그 꼬마는 그대의 시종이오?"

"시종은 아니지만 내 주군이 아끼는 우시노스케라는 아이요. 우시노스케, 무슨 연유로 저 아이를 때렸느냐?"

스케쿠로는 아까부터 등 뒤에 말없이 서 있는 우시노스케를 돌아보며 힐문했다.

"이실직고해라!"

그러나 우시노스케가 대답하기도 전에 탑 아래에 쓰러져 있던 이오리가 고개를 들더니 소리쳤다.

"시합이었어요, 시합!"

이오리는 그 말과 함께 아픈 몸을 일으켜 걸어오면서 다시 말했다.

"시합을 해서 제가 진 거니까 그 애는 잘못한 게 없어요. 제가 약한 거지."

스케쿠로는 이오리가 진 것을 부끄러워하지 않고 솔직하게 말하는 모습을 보고 감탄한 듯 눈을 크게 뜨고 물었다.

"그럼, 서로 약속을 하고 정정당당히 시합을 겨룬 것이냐?"

스케쿠로가 미소를 지으며 우시노스케를 바라보자 우시노스케도 다소 계면쩍은 듯 전후사정을 설명했다.

"제가 저 아이의 멍석인지 모르고 아무 말도 하지 않고 가져왔으니 제가 잘못했습니다."

얻어맞은 이오리도 이미 기운을 되찾았고, 사정 이야기를 들어보니 어린아이들의 싸움에 지나지 않았다. 그냥 웃고 넘길 만한 일이었는데, 만약 조금 전 곤노스케와 스케쿠로가 한 발도 물러서지 않고 무기를 꺼내 들었다면 지금쯤 주위를 헛된 피로 물들였음이 틀림없다.

"실례했소이다."

"피차 마찬가지입니다. 저야말로 무례를 범했소."

"그럼 이만."

그들은 서로 웃으며 산문을 나왔다. 스케쿠로는 우시노스케를 데리고, 곤노스케는 이오리를 데리고. 고후쿠 사 문 앞에서 좌우 양쪽으로 헤어지게 됐을 때 곤노스케가 갑자기 되돌아와서 물었다.

"잠깐 여쭙겠습니다. 야규 장원으로 가려면 어떻게 가야 합니까? 이 길로 곧장 가면 됩니까?"

스케쿠로는 곤노스케를 돌아보며 되물었다.

"야규의 어디로 가시는지요?"

"야규 성을 찾아가려고 합니다."

"성에요?"

스케쿠로가 곤노스케 쪽으로 돌아왔다.

예상치도 못한 이 일로 그들은 서로가 누군지 알게 되었다. 다른 곳에서 스케쿠로와 우시노스케를 기다리고 있던 야규 효고도 이윽고 이곳으로 와서 전후사정을 듣고는 한숨을 쉬며 말했다.

"저런, 참으로 애석하게 되었군."

그리고 멀리 에도에서 여기 야마토大和 가도까지 온 곤노스케와 이오리를 안쓰러운 눈으로 바라보며 몇 번이나 중얼거렸다.

"하다못해 스무 날만 일찍 왔어도……."

스케쿠로도 아쉬운 마음에 몇 번이나 탄식을 하더니 지금은 어디로 갔는지 행방을 알 수 없는 사람을 구름 속에서 찾듯 하늘만 바라보고 있었다.

무소 곤노스케가 이오리를 데리고 이곳에 온 것은 더 말할 필요도 없겠지만, 오쓰가 야규 성에 있다는 말을 들었기 때문이다. 언젠가 호조 아와노카미北条安房守의 집에서 뜻하지 않게 이오리의 누나의 일이 화제에 올랐을 때, 다쿠안이 이오리의 누나가 바로 오쓰라고 가르쳐준 일을 떠올리고 이곳에 온 것이었다.

그런데 그만 길이 엇갈려서 오쓰는 20여 일 전에 무사시를 찾아 에도로 떠났다는 것이다. 또 가는 날이 장날이라고 지금 곤노스케에게 에도의 소식을 들어보니 무사시 역시 곤노스케가 에도를 떠나기 전에 이미 에도를 떠났고, 가까운 지인조차 그 행방을 모른다고 했다.

"지금쯤 에도를 방황하고 있겠구나."

효고가 불쑥 중얼거렸다. 그리고 며칠 전 그녀를 중간까지 쫓아가고도 데리고 돌아오지 않은 것을 후회했다.

"참으로 가여운 인생이군."

효고는 자신의 미련을 오쓰의 사랑에 기대 달래었다.

그러나 불쌍한 사람은 여기에도 또 있었다. 그런 이야기를 곁에서 멍하니 듣고 있던 이오리였다.

태어나서 한 번도 본 적이 없고 소식도 모르던 누나와 만날 일은 없다고 체념하고 있을 때는 외롭지도 않았고 만나고 싶은 생각도 들지 않았다. 하지만 야마토의 야규에 살아 있다는 말을 들은 후부터는 망망대해를 떠다니다 육지를 발견한 것처럼 혈육의 정을 억누르지 못하고 일행인 곤노스케조차 괴로울 정도로 닦달해가며 한껏 기대에 부풀어서 이곳까지 왔음이 틀림없었다.

"……"

이오리는 당장이라도 울음이 터질 것 같은 얼굴이었지만 울지 않았다. 곤노스케가 효고의 질문에 에도에 관한 이런저런 이야기를 들려주고 있는 동안 이오리는 주위의 화초를 바라보며 조금씩 걸음을 옮겼다.

"어디 가니?"

우시노스케도 뒤따라왔다. 위로하는 표정으로 이오리의 어깨에 손을 둘렀다.

"우는 거야?"

이오리는 세차게 고개를 저었다. 눈에서 눈물이 흩날렸다.

"울긴 내가 왜 울어? 봐, 울지 않잖아."

"어, 참마 넝쿨이 있네. 너 참마 캐는 법 아니?"

"알고말고. 내 고향에도 참마는 있어."

"그럼, 우리 시합할까?"

우시노스케가 그렇게 말하자 이오리도 넝쿨을 찾아 넝쿨 뿌리에 쪼그려 앉았다.

4

숙부인 무네노리의 근황과 무사시의 소식.

그리고 나서 에도 거리의 변화된 모습과 오노 지로에몬이 실종되었다는 소문까지 물어보자니 한이 없었고, 대답하자니 끝이 없었다.

이곳 야마토 산골에서는 어쩌다 에도에서 사람이라도 오면 그의 한 마디 한 마디가 모두 새로운 세상에 대한 지식이었다.

하지만 뜻하지 않게 너무 오랜 시간을 보내는 바람에 어느새 해가 기울기 시작하자 효고가 곤노스케에게 권했다.

"여하튼간에 성으로 가서 당분간 머무는 게 어떤지요?"

그러나 곤노스케는 깊이 사의를 표하며 이대로 다시 길을 떠나고 싶다는 뜻을 전했다.

"오쓰 님이 안 계신 이상은⋯⋯."

곤노스케는 수련 중인 몸이라고 하지만 실은 기소木曽에서 돌아가신 어머니의 유품인 머리카락과 위패를 지금도 지니고 있는데, 그것이 늘 마음에 걸렸다. 그는 야마토 가도까지 온 것을 다행으로 여긴다면 어폐가 있겠으나 기슈紀州의 고야 산高野山이나 가와치河内의 뇨닌코야女人高野(여인들의 고야 산)라는 곤고 사金剛寺에 가서 위패를 안치하고 유품인 머리카락을 불탑에 모시고 싶다고 했다.

"참으로 섭섭한 일이긴 하지만⋯⋯."

억지로 잡아둘 수도 없을 것 같아서 작별 인사를 하려는데 옆에 있는 줄 알았던 우시노스케가 보이지 않았다.

"응?"

곤노스케도 두리번거리며 이오리를 찾았다.

"아아, 저기 있습니다. 땅바닥에 쭈그리고 앉아서 둘 다 뭔가를 캐고 있군요."

스케쿠로가 손가락으로 가리키는 곳을 보자 이오리와 우시노스케가 한눈도 팔지 않고 열심히 흙을 파고 있었다.

어른들이 미소를 지으며 슬그머니 등 뒤로 가서 서 있어도 두 소년은 알아차리지 못했다.

그들은 아까부터 넝쿨 뿌리를 캐내려고 부러지기 쉬운 참마가 부러지지 않도록 주위를 조심스레 보호하며 한쪽 팔이 땅 속에 묻힐 정도로 깊이 구멍을 파고 있었다.

"아!"

우시노스케가 뒤에서 인기척을 느끼고 돌아보자 이오리도 웃는 얼굴로 뒤를 돌아보았다. 둘은 어른들이 참마 캐기 시합을 벌이고 있는 자기들을 보고 있다는 것을 의식하자 더욱 열을 올렸다.

이윽고 우시노스케가 긴 참마를 땅 위로 뽑아 올렸다.

"캐냈다."

이오리는 아무 말 없이 구멍 속으로 어깻죽지까지 넣고 여전히 흙을 파고 있었다. 끝이 날 것 같지 않은 모습에 곤노스케가 옆에서 재촉했다.

"멀었느냐? 난 간다."

그러자 이오리는 노인네처럼 허리를 두드리며 일어났다.

"안 되겠다. 이 참마를 캐려면 밤까지 걸리겠어."

그는 땅 속에 미련을 남겨두고 옷에 묻은 흙을 털었다. 그 모습을 보고 우시노스케가 구멍을 들여다보며 말했다.

"뭐야? 이렇게 파놓고 엄살은……. 겁나냐? 내가 캐줄까?"

"안 돼, 안 돼. 부러질 거야."

이오리는 그렇게 말하더니 주위에 있는 흙을 발로 모아 애써 판 구멍을 원래대로 메워버렸다.

"자, 그럼 안녕!"

우시노스케는 자기가 캔 참마를 자랑스럽게 어깨에 둘러맸다. 하지만 참마의 끝이 온전치 않았다. 부러진 자리에서 흰 액체가 흘러나왔다. 그것을 본 효고가 웃자란 보리를 발로 밟아주듯 우시노스케의 머리를 꾹 누르며 말했다.

"우시노스케, 네가 졌다. 시합에선 네가 이겼다지만, 참마 캐기에서는 네가 졌어."

대일여래

1

요시노의 벚꽃도 많이 졌을 것이다. 길가의 엉겅퀴도 만발한 지금 걷다 보니 조금 땀이 배어났다. 이오리는 소똥이 마르는 냄새를 맡자 나라에서의 추억과 떠돌아다니던 시절의 추억이 되살아나 지치는 줄 모르고 걸었다.

"아저씨, 아저씨……."

이오리는 뒤를 돌아보고 곤노스케의 소매를 잡아당기면서 자꾸 걱정이 되는지 소곤거렸다.

"어제 그 수도승이 또 따라와요."

곤노스케는 일부러 그의 주의에 따르지 않고 정면을 향한 채 말했다.

"돌아보지 마라. 모른 척하고 있어."

"하지만 이상해요."

"뭐가?"

"어제 야규 효고 님과 고후쿠 사 앞에서 헤어졌을 때부터 앞서거니 뒤서거니 하며……."

"그게 뭐 어때서 그러느냐? 사람은 누구나 가고 싶은 대로 가게 마련이거늘."

"그래도 잠을 잘 때도 다른 곳에서 묵으면 되는데 같은 곳에서 묵고."

"아무리 미행을 당해도 도둑맞을 만한 돈도 없으니까 걱정할 것 없다."

"목숨은 가지고 있으니 빈털터리는 아니잖아요."

"하하하. 나도 목숨 단속은 하고 있다. 너도 잘 단속하고 있지?"

"예, 물론이죠."

돌아보지 말라는 말을 들으면 더 돌아보고 싶어지게 마련이다. 이오리는 왼손을 칼자루에서 떼지 않았다. 곤노스케도 그다지 좋은 기분은 아니었다. 수도승의 얼굴이 왠지 낯이 익었다. 그는 어제 갑자기 호조인의 시합을 자처했다가 거절당한 바로 그 수도승이었다. 아무리 생각해도 자신들을 미행할 이유를 찾을 수 없었다.

"어? 어느새 사라졌네."

이오리가 또 뒤를 돌아보고 그렇게 말하자 곤노스케도 뒤를 돌아보았다.

"아마, 싫증이 난 모양이다. 이제 좀 마음이 후련하구나."

그날 밤은 가쓰라기葛木 마을의 민가에서 묵었다. 다음 날에는 아침 일찍 미나미가와치南河内의 아마노고天野鄉로 가서 맑은 계곡물을 끼고 있는 몬젠마치門前町(신사나 절 앞에 이루어진 시가)에서 수소문하며 찾아다녔다.

"기소의 나라이奈良井에서 이곳의 술을 빚는 장인의 집으로 시집온 오안이라는 사람의 집을 모르시나요?"

오안은 곤노스케가 고향에서 알던 사람이었는데 이곳 아마노 산의 곤고 사 부근으로 시집을 왔기 때문에 그녀에게 죽은 어머니의 위패와 유품인 머리카락을 곤고 사에 공양해달라고 부탁할 생각이었다.

'만약 찾지 못하면 고야 산으로 가자. 고야 산은 귀인의 공양소로 이름난 대갓집의 위패가 모셔져 있어서 나그네의 위패를 받아줄지 모르지만 일단 고야 산으로 맡기러 가자.'

이렇게 생각하고 있을 때였다.

"아, 오안요? 오안이라면 술을 빚는 집이 모여 있는 곳에 있을 게요."

몬젠마치의 어떤 아낙이 그렇게 말하더니 친절하게 가르쳐주었다.

"이 문으로 들어가 오른쪽 네 번째 집에 가서 도로쿠藤六 님의 댁이냐고 물어보세요. 오안의 남편이니까요."

2

어느 절이나 산문에 술을 들이는 것을 금하는 것이 철칙이지만 이곳 아마노 산 곤고 사에서는 술을 빚고 있었다. 물론 세상에 내놓지는 않았지만 도요토미 히데요시豊臣秀吉 등이 이 절에서 빚은 술을 칭찬한 이후로 제후들 사이에도 '아마노 술'이라 하여 널리 알려져 있었다. 히데요시가 죽은 뒤로는 그 풍습도 많이 쇠퇴했다고는 하지만 아직도 해마다 술을 빚어서 청하는 시주들에게 보내는 풍습은 남아 있었다.

"그런 연유로 나를 비롯한 열 명쯤 되는 직공이 산사에 고용되어 와 있는 것이오."

그날 밤 오안의 남편이자 양조장 책임자인 도로쿠가 손님인 곤노스케에게 이렇게 설명해주고는 곤노스케의 부탁도 들어주었다.

"효심에서 우러난 일이니 내일 주지 스님께 부탁드리면 분명 들어주실 겁니다."

다음 날, 아침에 일어났을 때는 보이지 않던 도로쿠가 점심때가 조금 지나 모습을 나타내더니 말했다.

"스님께 부탁을 드렸더니 흔쾌히 허락해주시더군요. 절 따라오시지요."

도로쿠의 안내를 받아 곤노스케는 그의 뒤에서 따라갔고, 이오리는 곤노스케 옆에서 졸래졸래 따라갔다. 사방은 그윽한 풍취의 봉우리에 둘러싸여 있었고, 아직 지지 않은 벚꽃이 하얗게 피어 있었다. 칠당가람七堂伽藍은 아마노 강天野川의 계류溪流가 휘돌아 흐르는 골짜기에 있었는데, 산문으로 건너가는 흙다리 아래를 내려다보니 산봉우리에서 떨어진 벚꽃들이 물결에 실려 떠내려가고 있었다.

이오리는 옷깃을 여몄다.

곤노스케도 긴장한 듯 몸이 경직되었다. 왠지 모르게 산의 정기와 사찰의 장엄함에 압도되는 느낌이었다.

그런데 뜻밖에도 본당 위에서 허물없이 말을 거는 승려가 있었다.

"모친의 공양을 부탁한 이가 자네인가?"

큰 키에 살이 찌고 발도 큰 승려였다. 주지라고 해서 비단 가사에 불자拂子(짐승의 꼬리털 또는 삼 따위를 묶어서 자루에 맨 것으로 선종의 승려가 번뇌와 이리석음을 물리치는 표지로 지닌다)를 들고 위엄 있게 구는 사람일 줄 알았더니 찢어진 삿갓과 지팡이를 들고 비오는 날 속세의 처마 밑에 서 있어도 어울릴 것 같은 사람이었다.

"예, 바로 이 사람이 부탁을 드렸습니다."

하지만 도로쿠가 곤노스케 대신 당 아래에 무릎을 꿇고 엎드려서 대답하는 모습을 보니 분명 주지 스님인 듯했다.

"……."

곤노스케도 뭐라 인사를 하고 도로쿠처럼 무릎을 꿇으려고 하자 주지는 이미 계단 아래에 놓여 있던 더러운 짚신을 신고 "그럼, 대일여래님을 뵈러 가실까요?"라며 염주를 들고 앞장서서 가고 있었다.

오불당五佛堂과 약사당藥師堂, 식당 같은 당탑 사이를 돌아 승방에서 조금 떨어진 곳에 금당金堂과 다보탑이 있었는데, 뒤늦게 쫓아온 승려가 물었다.

"열어드릴까요?"

주지가 그러라고 눈짓을 하자 승려가 큰 열쇠로 금당의 큼지막한 문을 열었다.

"앉으시지요."

곤노스케와 이오리는 주지의 말에 따라 넓은 가람 안에 앉았다. 올려다보니 불상을 올려놓는 대좌臺座에서 10척이 넘는 황금빛 대일여래가 미소를 머금고 있었다.

3

이윽고 내진內陣(본당, 절에서 본존을 모신 집)에서 주지가 가사를 고쳐 입고 나오더니 대좌에 앉아서 낭랑한 목소리로 불경을 외웠다. 방금 전까지는 짚신을 신은 초라한 일개 산승으로밖에 보이지 않았지만, 대좌에 앉으니 범접할 수 없는 권위가 느껴졌다.

"……."

곤노스케는 합장을 하고 돌아가신 모친의 모습을 마음속에 그려보았다. 그러자 한 조각 흰 구름이 눈가를 스치고 지나가더니 시오지리 고개塩尻峠의 산과 고원의 풀이 보였다. 무사시는 불어오는 바람을 맞으며 칼을 빼들고 서 있었다. 자신은 지팡이를 들고 맞서고 있었다.

들판 한가운데의 삼나무 아래에 우두커니 앉아 있는 노모의 모습이 보였다. 노모의 눈은 걱정으로 가득 차 있었고, 당장이라도 칼과 지팡이 사이로 뛰어들 것만 같은 빛을 띠고 있었다.

자식을 걱정하는 애정 어린 눈빛. 그때 노모의 무시무시한 일갈로 그는 '어머니가 이끄는 지팡이'의 한 수를 배웠다.

'어머님, 지금도 당신은 그때와 같은 눈빛으로 제 앞날을 근심하며 지켜보고 계실 것입니다. 허나 너무 심려치 마십시오. 그때의 무사시 님은 다행히 제 청을 받아주어 가르침을 주고 계시며 저도 아직 일파를 이룰 날은 멀었지만, 지금이 어떠한 난세일지라도 자식의 길, 세상의 길에서 벗어나지는 않겠습니다.'

곤노스케가 이렇게 기원을 올리며 숨소리조차 죽이고 있는데 자기 앞에 우뚝 솟은 대일여래의 얼굴이 어머니의 얼굴로 변하더니 그 미소까지 생전의 웃음이 되어 가슴을 파고들었다.

"아……."

문득 정신을 차리고 합장을 풀자 주지는 이미 보이지 않았다. 독경이 끝난 것이다. 곁에 있는 이오리도 우두커니 대일여래의 얼굴을 올려다보며 일어서는 것조차 잊고 있었다.

"이오리."

곤노스케가 불렀다.

"뭘 그리 넋을 놓고 바라보고 있느냐?"

그제야 제정신으로 돌아온 이오리가 말했다.

"그게, 대일여래님이 제 누나를 닮은 것 같아서요."

곤노스케는 자신도 모르게 껄껄 웃으며 말했다.

"지금껏 만난 적도 없는 네 누나의 얼굴을 어떻게 알고? 또 대일여래님의 얼굴처럼 저리 자비로운 얼굴을 가진 사람이 이 세상에 있을 리도 없다. 이는 오로지 운케이運慶와 같은 명장名匠의 정진이 이루어낸 기적 같은 것으로, 결코 속세에선 볼 수 없는 얼굴이야."

그러자 이오리는 세차게 머리를 가로저었다.

"아니라고요. 전 언젠가 에도의 야규 님 댁으로 심부름을 갔다가 밤중에 길을 잃었을 때, 오쓰 님을 만난 적이 있어요. 그때 제 누난 줄 알았다면 자세히 봤을 텐데 이젠 생각도 나지 않아요. 그런데 지금 스님이 독경을 외는 동안에 합장하고 있으려니 대일여래님이 누나의 얼굴로 변했어요. 정말이지 저한테 뭐라고 말을 하는 것 같은 얼굴이었다고요."

"흐음."

곤노스케는 더 이상 부정할 수 없었다. 그리고 언제까지나 여기서 떠날 수 없을 것 같은 기분이 들었다.

산골짜기는 해가 일찍 저문다. 해는 벌써 고개 너머로 지고, 다보탑 지붕의 물안개만이 칠보 구슬을 박아 넣은 듯 반짝거리며 저녁놀에 물들어 있었다.

"아아, 돌아가신 어머님께 변변치 않은 회향回向이지만, 오늘은 살아 있는 이 몸이 비로소 착한 일로 하루를 보내게 되었구나. 피비린내 나는 속세가 거짓말 같아."

저녁놀이 내리는 어둠 너머를 바라보며 두 사람은 언제까지나 툇마루에 앉아 있었다.

4

어디선가 쓱쓱 낙엽을 쓰는 소리가 들렸다.

"응?"

곤노스케가 오른쪽 절벽을 올려다보니 절벽 중턱에 무로마치室町 풍의 고아한 간케쓰테이觀月亭와 사당이 있었고, 이끼로

덮여 있는 좁다란 자갈길이 산 위로 이어져 있었다.

한 사람은 고상한 비구니처럼 보이는 나이 든 부인이었다. 또한 사람은 쉰가량으로 보이는 후덕한 몸집의 남자였는데, 그는 검소한 무명옷에 소매가 없는 하오리羽織(일본 옷 위에 입는 짧은 겉옷)를 입고 산벚나무 무늬가 수놓인 가죽 버선에 새 짚신을 신고 있었다. 무사로도 조닌町人(일본 에도 시대의 경제 번영을 토대로 17세기에 등장하여 빠르게 성장한 사회 계층이다. 도시에 거주했으며 대부분 상인과 수공업자들이었다)으로도 보이지 않는 그는 상어 가죽으로 만든 칼자루의 작은 와키자시脇差(일본도의 일종으로 큰 칼에 곁들여 허리에 차는 작은 칼)를 허리에 차고 있었는데 어딘지 우아한 품격을 느끼게 했다.

남자는 대나무 빗자루를 들고 허리를 폈다. 노부인은 하얀 비단 두건을 쓰고 있었는데 마찬가지로 대나무 빗자루를 손에 들고 있었다.

"이제 좀 깨끗해졌구나."

그녀는 쓸고 온 산길과 절벽 여기저기를 둘러보고 있는 듯했다. 그 근방은 사람도 좀처럼 다니지 않을뿐더러 신경을 쓰는 사람도 없는 듯 겨우내 낙엽과 새들의 사체가 퇴비처럼 썩어서 쌓여 있었다.

"어머님, 고단하지 않으세요? 해도 저물었고 나머지는 제가 할 테니 그만 쉬시지요."

쉰에 가까운 몸집이 후덕한 남자가 말하자 그의 어머니로 보이는 노부인은 아들의 말을 듣고 오히려 웃으면서 말했다.

"난 집에서도 일을 손에서 놓지 않은 덕분인지 피곤하지 않지만, 너야말로 살도 찌고 이런 일을 해본 적도 없으니 손이 많이 거칠어졌을 게다."

"예. 말씀하신 대로 하루 종일 빗자루를 들고 있었더니 손바닥에 굳은살이 생겼습니다."

"호호호호. ……좋은 선물을 받았구나."

"하지만 덕분에 오늘 하루는 뭐라 말할 수 없을 만큼 상쾌한 마음으로 보냈습니다. 저희 모자의 보잘것없는 공양을 천지신명께서 어여삐 여기신 증표인 듯합니다."

"오늘도 하룻밤을 더 이곳의 신세를 지게 되었으니 남은 일은 내일 하기로 하고 슬슬 돌아가도록 하자."

"날이 어두워졌으니 발밑을 조심하십시오."

아들은 그렇게 말하면서 어머니의 손을 잡고 간케쓰테이의 샛길을 통해 곤노스케와 이오리가 쉬고 있는 금당 옆으로 내려왔다.

아무도 없을 줄 알았던 해질녘의 금당 툇마루에서 사람의 그림자가 불쑥 일어서자 두 사람은 놀란 듯 걸음을 멈추며 물었다.

"누구요?"

하지만 노부인은 이내 나그네라는 걸 알고 눈가에 부드러운 미소를 지으며 인사했다.

"참배를 드리러 오셨습니까? 오늘도 좋은 하루를 보내셨는지요?"

곤노스케도 정중히 인사했다.

"예. 어머님의 공양을 드리고 참배를 하러 왔습니다만 하도 고즈넉한 저녁이어서 어쩐지 마음이 허해졌습니다."

"참으로 효심이 깊은 듯하오."

노부인은 말하면서 이오리에게 시선을 옮기며 물었다.

"착하게 생겼네요…… 동생이시오?"

그녀는 이오리의 머리를 쓰다듬으며 자신의 아들 쪽을 돌아다보았다.

"고에쓰光悅야, 산에서 먹던 보리과자가 아직 좀 남아 있지 않느냐? 이 아이에게 좀 주려무나."

어제와 오늘

1

고에쓰라 불린 노부인의 아들은 소매에서 종이에 싼 과자를 꺼내 이오리에게 주며 말했다.

"먹다 남은 거라 미안하지만 괜찮으면 좀 먹으렴."

이오리는 손바닥에 올린 채 어찌 해야 될지 모르는 표정으로 곤노스케에게 물었다.

"아저씨, 이거 받아도 돼요?"

"받아도 된다."

곤노스케가 이오리를 대신해서 인사하자 노부인이 물었다.

"말하는 걸 들으니 형제는 아닌 듯하구려. 간토關東 분들 같은데 어디까지 가시오?"

"그저 정처 없이 떠돌고 있습니다. 보시는 바와 같이 저희는 형제지간은 아닙니다만, 검의 길에 있어서는 나이 차이는 나지만 같은 스승을 모시고 있는 동문과도 같은 사이입니다."

"검술을 배우시오?"

"예."

"고생이 많겠구려. 그럼 스승 되시는 분은 누구신지요?"

"미야모토 무사시라는 분입니다."

"예? 무사시 님이요?"

"아시는 분입니까?"

노부인이 대답하는 것도 잊은 채 눈을 크게 뜨고 뭔가 골똘히 생각에 잠겨 있는 모습을 보니 무사시와 모르는 사이는 아닌 듯했다.

"흐음."

그러자 노부인의 아들도 그리운 사람의 이름이라도 들은 것처럼 가까이 다가오며 물었다.

"무사시 님은 지금 어디 계십니까? 또 어찌 지내시는지요?"

고에쓰는 무사시에 대해 이것저것 묻더니 곤노스케가 자신이 알고 있는 한도 내에서 소식을 들려주자 어머니와 얼굴을 마주보며 고개를 끄덕였다.

그리고 이번에는 곤노스케가 물었다.

"그런데 누구신지요?"

"아, 인사가 늦었습니다. 저는 교토京都의 혼아미本阿弥 네거리에 사는 고에쓰라는 사람이고 이분은 제 어머님이신 묘슈妙

稀라고 합니다. 무사시 님과는 6, 7년 전에 우연히 알게 되어 친하게 지낸 적이 있어서 근래에 틈만 나면 그분의 이야기를 하고 있던 참입니다."

그러고 나서 고에쓰는 당시의 추억담을 두세 가지로 간추려서 이야기해주었다.

고에쓰의 이름은 곤노스케도 익히 들어 알고 있었다. 또 무사시와의 친분에 대해서도 초암의 화롯가에서 무사시에게 직접 들은 적도 있었다. 생각지도 못한 곳에서 생각지도 못한 사람을 만난 것에 대해 곤노스케도 놀라움을 금치 못했다.

그가 그토록 놀란 것은 교토에서 누구나 알아주는 가문의 안주인인 묘슈와 혼아미 고에쓰라고도 불리는 명망 있는 사람이 무슨 연유로 사람들의 발길도 드문 이런 산골의 사찰에 와서, 게다가 절의 머슴조차 치우지 않는 썩은 나뭇잎 등을 대나무 빗자루를 들고 날이 저물도록 청소를 하고 있는지 그 의문도 무의식중에 영향을 주었음이 틀림없다.

어느새 어스름한 달이 다보탑 지붕의 물안개 위로 떠올랐다. 사람이 그리워서 길가는 행인이라도 붙잡고 싶은 초저녁, 곤노스케는 이대로 헤어지기가 아쉬워서 물어보았다.

"두 분은 하루 종일 이 위의 산이며 벼랑길을 청소하고 계신 듯한데 혹 인연이 있는 분의 비석이라도 있는지요. 아니면 여행의 따분함이라도 달래기 위해서인가요?"

2

"아닙니다. 그런 것이 아닙니다."

고에쓰는 고개를 저으며 말했다.

"이런 엄숙한 성지에서 따분하다니 당치도 않습니다."

곤노스케는 별 뜻 없이 한 말이었지만 고에쓰는 그렇게 오해를 받는 것이 심히 두려운 듯 따분함을 달래려고 빗자루를 들고 있었던 것이 아니라고 변명하며 말했다.

"이 곤고 사에는 처음 오셨습니까? 그리고 이 산의 역사에 대해 혹시 스님들께 아직 아무 말씀도 듣지 못하셨는지요?"

곤노스케가 그런 건 몰라도 무사 수련생인 자신이 부끄러워 할 일은 아니라고 생각하며 솔직하게 대답하자 고에쓰가 물었다.

"그렇다면 제가 바보 같은 짓 같지만 산승들을 대신해서 주워들은 이야기이지만 좀 들려드려도 되겠습니까?"

고에쓰는 주위를 둘러보고 나서 조용히 이야기했다.

"마침 달빛도 아련하니 여기에서도 그림을 펼친 듯 이 위의 묘지와 어영당御影堂, 간케쓰테이, 그리고 맞은편의 구문지당求聞持堂, 호마당護摩堂, 대사당大師堂, 식당, 니우코야丹生高野 신사, 보탑, 누문 등을 대강 한눈에 조망할 수 있을 겁니다."

고에쓰는 적막에 둘러싸인 주변 일대를 손으로 한 바퀴 빙 둘러가며 가리켰다.

"보십시오. 저 소나무와 돌, 그리고 한 그루의 나무와 한 포기의 풀도 모두 어딘지 이 나라의 백성들과 같이 굽히지 않는 지조와 전통의 우아함을 지닌 채 이곳을 찾는 이에게 무슨 이야기인가 들려주려 하는 것 같지 않습니까. 저는 초목의 정령을 대신하여 그들이 말하고자 하는 것을 들려드리고자 합니다. 그것은 겐코元弘(가마쿠라鎌倉 시대인 1331년부터 1334년까지의 연호), 겐무建武(겐코 이후 1336년까지의 연호) 무렵부터 쇼헤이正平(무로마치室町 시대인 1346년부터 1370년까지의 연호) 시절에 이르는 오랜 난세에 이 산은 때로는 다이토노미야 모리나가大塔宮護良 친왕의 전승을 기원하거나 진영의 비밀회의를 하던 장소였습니다. 또 한때는 구스노키 마사시게楠正成가 충절을 지키는 곳이 되었는가 하면 교토의 로쿠하라六波羅 반란군들이 대거 공격을 가하는 목표가 되기도 했습니다. 세월이 흘러 아시카가足利 일족이 무력으로 패권을 잡은 난마亂麻와 같은 시대가 된 후에는 고무라카미後村上 왕께옵서 오토코 산男山에서 탈출하여 이곳저곳을 떠돌아다니신 끝에 이윽고 이곳 곤고 사를 행궁으로 삼아 오랫동안 산승이나 다름없는 불편한 생활을 견디시던 곳입니다. 또한 그 이전에 고곤光嚴, 고묘光明, 스코崇光 세 상왕께서 머무르셨을 때는 수많은 호위무사와 공경 들이 반란군의 습격에 대비해서 산으로 올라왔기 때문에 병마와 군사의 식량은 물론이고 아침저녁으로 상왕께 바치는 수라조차 부족할 지경이었습니다. 당시의 참상을 목도한 젠에禪惠 법사가 기록한 것을 보면 '승방과 산방 모두가 파괴되고, 죽고 상한 이가 헤아릴 수 없을 정도로 많구나.'라고 한탄하고 있습니다. 게다가 상왕께서는 절의 식당을 정전正殿으로 삼고 혹한에도 불을 피우지 못하고 폭염에도 쉴 곳 없이 정무를 보셨다고 합니다."

고에쓰는 잠시 숨을 고르고 나서 다시 말을 이었다.

"이 부근, 저 식당은 물론이고 마니인魔尼院까지 어느 하나 유적이 아닌 곳이 없습니다. 이 위에 있는 묘지도 고곤 법왕의 유골을 모셔놓은 영지라고 전해 내려오고 있지만 아시카가 일족의 시절에 울타리는 쓰러지고, 썩은 나뭇잎들에 묻혀 황폐해져 버렸기 때문에 문득 오늘 아침에 어머님과 의논하여 묘지 부근부터 여기저기 청소를 하고 있었던 것입니다. 하긴 이를 두고 소일거리라 한다 해도 할 말이 없지만 말입니다."

고에쓰는 그렇게 말하고 미소를 지었다.

3

곤노스케는 부끄러운 마음이 들어 단정한 자세로 귀를 기울이고 있었고, 이오리는 곤노스케보다 더 엄숙한 얼굴로 이야기를 하는 고에쓰의 얼굴을 뚫어지게 바라보고 있었다.

"그러니까 호조 가문에서 아시카가 가문에 걸친 오랜 난세의 시기에 저 돌과 초목 들까지 모두 왕실의 혈통을 지키기 위해 싸운 것이군요. 돌은 요새가 되고 나무들은 왕의 수라를 만드는 장작이 되고 풀은 병사들의 이불이 되어……."

고에쓰는 자신의 이야기를 진지하게 들어주는 상대를 만나 그동안 맺힌 한을 토해내는 표정으로 적막에 싸인 삼라만상을 올려다보며 말했다.

"아마 당시 이곳에서 풀뿌리로 연명하며 싸우던 왕의 병사 중 한 명, 혹은 항마降魔의 검을 빼들고 병사들과 함께 싸우던 승병 중 한 명일지도 모릅니다. 어제 저희 모자가 묘지 부근부터 산 길을 청소하고 있는데 수풀 속에 있는 돌에 누군가 이런 노래를 새겨놓은 것을 발견했습니다. '백 년의 전쟁도 이루지 못한 봄은 멀기만 하구나. 세상의 민초여 시심을 가질지어다.' 수십 년에 이르는 전쟁을 겪으면서도 마음의 여유인지, 굳은 호국의 신념인지, 이 노래를 보고 저는 큰 감명을 받았습니다. 일곱 번 다시 태어나도 이 나라를 지키리라 말씀하신 구스노키 공의 마음이 이름도 없는 한 병사에게까지 스며든 듯합니다. 또 그렇게 우아하고 넓은 마음이 있었기 때문에 마침내 백 년 전쟁을 거쳐 이곳의 당탑은 지금까지도 여전히 왕토王土 위에 이렇듯 건재하니 참으로 고마울 따름입니다."

고에쓰가 말을 맺자 곤노스케는 안도의 숨을 내쉬며 말했다.

"이곳의 산이 그토록 고귀한 싸움의 유적이라는 것을 처음 알았습니다. 제대로 알지도 못하고 아까는 뜬금없는 질문을 드려 죄송합니다."

고에쓰는 손을 저으며 말했다.

"아닙니다. 실은 저야말로 사람이 그리워서 어제오늘 울적한 마음을 누군가에게 털어놓고 싶어 애가 닳던 참이었습니다."

"쓸데없는 질문을 해서 웃으실지 모르지만 고에쓰 님은 이 절에 오래 머물 생각이신지요?"

"아마 이번에는 이레쯤 될 것 같습니다."

"역시 불공을 드리러 오신 것입니까?"

"아니요. 어머님께서 이 부근을 여행하는 걸 좋아하시고, 저도 이 절에 오면 나라, 가마쿠라 이후의 그림이나 불상, 칠기 같은 여러 명장의 작품을 볼 수 있어서……."

어느새 고에쓰와 묘슈, 곤노스케와 이오리는 어스름한 땅 위에 그림자를 드리우고 금당에서 식당 쪽으로 발길을 옮기고 있었다.

"허나 내일 아침에는 떠날 생각입니다. 혹여 무사시 님을 만나시면 부디 교토의 혼아미 네거리에 들러달라고 전해주시기 바랍니다."

"잘 알겠습니다. 그럼, 편히 쉬십시오."

"예. 조심히 가십시오."

그들은 산문 앞의 달빛도 비치지 않는 어둠 속에서 헤어졌다. 고에쓰와 묘슈는 승방 쪽으로, 곤노스케는 이오리와 함께 산문 밖으로.

흙담 밖은 해자를 둘러 판 듯 계류가 흐르고 있었다. 계류의 흙다리에 다다른 순간 무언가 하얀 물체가 그늘 속에서 곤노스케의 등 쪽으로 달려들었다. 이오리는 비명을 지를 새도 없이 흙다리에서 발을 헛디디고 말았다.

풍덩!

이오리는 물에 빠지자마자 물보라 속에서 몸을 일으켰다. 물살은 빨랐지만 깊지는 않았다.

'뭐지?'

순식간에 일어난 일이었다. 어떻게 떨어졌는지조차 알 수 없었다. 하지만 흙다리 위를 올려다보니 그곳에서 자신을 밀어 떨어뜨린 자가 곤노스케와 대치하고 있었다. 이오리가 밀려 떨어지는 순간 하얀 물체라고 본 것은 그자가 입고 있는 하얀 옷이었다.

"앗, 그 수도승이잖아?"

이오리는 마침내 올 것이 왔구나 하고 생각했다. 무슨 연유인지 엊그제부터 자신들을 따라오던 수도승이었다.

수도승은 지팡이를 겨누고 있었다. 곤노스케도 늘 가지고 다니던 지팡이를 겨누었다.

수도승이 불시에 기습한 순간 곤노스케가 몸의 위치를 바꾸자 수도승은 다리를 사이에 두고 길 쪽에 서게 되었고 곤노스케는 산문을 등지고 있었다.

"누구냐?"

곤노스케가 일갈했다.

"사람을 잘못 본 것이 아니냐?"

그리고 날카로운 목소리로 야단을 쳤다.

"……."

수도승은 사람을 잘못 볼 리가 없다는 태도를 보이며 아무 말도 하지 않았다. 등에 함을 지고 있어서 날렵하게 움직일 수 없는 것처럼 보였지만, 땅을 굳게 딛고 서 있는 다리는 흡사 나무처럼 조금도 흔들림이 없었다.

곤노스케는 상대가 범상치 않다는 것을 느끼고 온몸에 기를 모으고 지팡이를 뒤로 바짝 당기며 다시 한 번 소리쳤다.

"누구냐! 비겁하다. 이름을 대라. 아니면 무슨 생각으로 이 무소 곤노스케를 공격했는지 이유를 밝혀라."

"……."

수도승은 귀가 먹은 듯 그저 눈만 부리부리하게 뜨고 집어 삼킬 듯이 노려보고 있을 뿐이었다. 짚신을 신은 발이 지네의 등처럼 조금씩 땅을 스치듯 다가온다.

"음, 어쩔 수 없군."

곤노스케도 더 이상 참을 수가 없었다. 그는 온몸을 투지로 불태우며 다가오는 수도승을 향해 달려들었다.

빠각!

지팡이와 지팡이가 부딪치는 순간 수도승의 지팡이는 곤노스케의 지팡이에 두 동강이 나서 반쪽이 공중으로 날아갔다. 하지만 수도승은 손에 남은 반쪽을 곤노스케의 얼굴을 향해 재빨리 던지더니 곤노스케가 얼굴을 돌린 순간 허리에 차고 있던 계도戒刀를 뽑아 제비처럼 달려들려고 했다.

"악!"

수도승이 갑자기 비명을 질렀다. 그리고 동시에 이오리가 계천에서 "이 죽일 놈아!" 하고 소리를 질렀다. 수도승은 다리 위에서 대여섯 걸음 정도 그대로 길 쪽으로 재빨리 물러섰다. 이오리가 던진 돌이 그의 얼굴에 명중했던 것이다.

자칫하면 왼쪽 눈에 맞을 뻔했다. 수도승은 생각지도 못한 곳에서 날아온 돌에 치명적인 부상을 당하자 당황한 듯 보였다. 그는 그대로 몸을 돌려 절의 흙담과 계류를 따라 아랫마을 쪽으로 쏜살같이 달아났다.

기슭으로 올라온 이오리가 "거기 서라!"라고 외치며 돌 하나를 다시 쥐고 쫓아가려고 했다.

"이오리, 안 된다."

그러나 곤노스케가 제지하자 이오리는 그가 도망친 어둠 속으로 손에 쥐고 있던 돌을 멀찌감치 던졌다.

5

도로쿠의 집으로 돌아와서 얼마 지나지 않아 두 사람은 잠자리에 들었지만 두 사람 다 좀처럼 잠을 이룰 수 없었다. 우르릉우르릉, 밤이 깊어갈수록 산봉우리에서 몰아치는 비바람 소리가 귓가를 울리기 때문만은 아니었다.

곤노스케는 비몽사몽간에 고에쓰가 들려준 이야기를 머릿속에서 곱씹고 있었다. 그가 들려준 겐무와 쇼헤이의 옛날 시절부터 지금의 이 세상을 비교해가며.

'오닌의 난부터 무로마치 막부의 붕괴와 노부나가信長 시대의 종언, 히데요시의 출현과 함께 시대의 형세가 바뀌었고, 그 히데요시가 죽은 지금은 간토의 도쿠가와와 오사카의 도요토미 두 세력이 천하의 패권을 다투며 그야말로 폭풍 전야와 같은 시절이다. 과연 겐무, 쇼헤이의 시대와 얼마나 다르단 말인가.'

그리고 그 생각은 다시 꼬리를 물고 이어졌다.

'호조와 아시카가 무리가 나라의 근본을 흔들던 그 혼탁한 시절에도 구스노키 일족이나 존왕무족尊王武族의 제후들과 같은 진정한 무사가 있었지만 지금은 어떠한가? 지금의 무가와 무사도는 어떠한가 말이다.'

이뿐만이 아니었다.

천하의 패권이 노부나가에서 히데요시와 이에야스에게로 숨가쁘게 넘어가는 것을 지켜보고 있는 동안 어느새 본래 나라의 주인이었던 왕의 존재조차 잊어버리고 민심은 돌아가야 할 곳을 잃은 듯했다. 무사도와 상도, 농민의 본분은 모두 무사의 패권을 위해 존재할 뿐이고, 왕의 백성은 신민의 본분을 잊어버린 듯했다.

문득 정신을 차린 그는 다시 생각했다.

'세상이 번창해서 사람들의 생활은 윤택해졌지만, 이 나라의 근본은 겐무와 쇼헤이 시절보다 별로 나아진 게 없구나. 구스노키 공이 좇았던 무사의 길과 품었던 이상이 실현되려면 아직은 요원한 세상인가.'

그런 생각을 하자 몸은 불덩이처럼 뜨거워졌고, 가와치의 산봉우리들과 곤고 사의 초목들이 울부짖는 소리가 어쩐지 그러한 심정을 토로하고 있는 듯 들렸다.

이오리도 잠을 이루지 못하기는 마찬가지였다.

'아까 그 수도승은 대체 누굴까?'

그의 하얀 옷이 눈앞에서 사라지지 않았다. 그리고 내일 여행길이 자꾸만 마음에 걸렸다.

"무서워."

이오리는 그렇게 중얼거리며 산봉우리 위에서 울부짖는 폭풍우 소리에 이불을 뒤집어썼다.

그렇게 뒤척이다 잠이 든 두 사람은 꿈결에 대일여래님의 미소도 보지 못하고, 찾고 있는 누나의 그림자도 보지 못한 채 아침 일찍 잠에서 깼다.

두 사람이 아침 일찍 떠난다는 이야기를 들은 오안과 도로쿠는 날이 밝기 전부터 아침밥과 도시락 등을 준비해두었다가 두 사람이 떠날 채비를 하고 문밖으로 나서자 이오리에게 종이로 싼 구운 지게미를 따로 주며 말했다.

"먹으면서 가렴."

"신세 많았습니다. 인연이 있으면 또……."

길을 나서자 산봉우리 위로 무지갯빛의 아침 구름이 보였고, 아마노 강에서 뜨거운 김처럼 수증기가 피어오르고 있었다. 그때 근처 집에서 아침 안개를 뚫고 튀어나온 한 행상이 두 사람의 뒤편에서 활기찬 목소리로 말을 걸었다.

"여어, 일찍들 길을 나서는군요."

끈

1

곤노스케는 얼굴도 모르는 사내라 건성으로 대충 인사를 했고, 이오리는 어제의 일도 있고 해서 아무 말도 하지 않고 걸어갔다.

"손님들은 간밤에 도로쿠 님 댁에서 묵으셨지요? 저도 그 댁엔 오랫동안 신세를 지고 있습니다. 두 분 모두 참 좋은 분들이시죠."

두 사람은 사내가 벌써 일행이라도 된 양 다정하게 굴어도 적당히 흘려듣고 있었다.

"기무라 스케쿠로 님도 저를 돌봐주셔서 가끔 야규 성에도 찾아가곤 합니다."

사내는 쉬지 않고 이야기했다.

"뇨닌코야의 곤고 사에 참배를 하셨으니 분명 기슈의 고야 산에도 올라가실 듯한데 산길에 구름도 끼지 않았고, 길 위의 눈도 전부 녹아서 없어진 터라 오르기에는 딱 좋은 계절입니다. 오늘은 아마미天見, 기이미紀伊見 등지의 고갯마루를 쉬엄쉬엄 넘어서 밤에는 하시모토橋本나 가무로學文路에서 느긋하게 쉬시면 아주 좋을 겝니다."

한 마디 한 마디가 이쪽의 여정을 훤히 꿰뚫고 있는 듯해서 곤노스케는 수상한 자라고 생각했다.

"무얼 팔러 다니시나?"

"저는 여러 가닥으로 꼰 끈을 팔고 있습니다. 이 짐 속에……."

그는 등에 짊어지고 있는 작은 보따리를 눈짓으로 가리키며 말했다.

"끈목 견본을 가지고 전국 각지로 주문을 받으러 다닙니다."

"허허, 끈 장수였군요."

"도로쿠 님의 연줄로 곤고 사의 신자들도 많이 소개를 받았습니다. 실은 어제도 여느 때처럼 도로쿠 님 댁에 신세를 질 생각으로 들렀는데 두 분이 머무르고 계시다며 근처 다른 집에 묵으라고 하셔서 술을 빚는 다른 집에서 신세를 진 것입니다. 그렇다고 두 분을 원망하는 것은 아닙니다만 도로쿠 님 댁에 묵으면 항상 좋은 술을 대접해주기 때문에 사실은 잠자리보다 그것을 은근히 기대하고…… 하하하."

사내의 말을 듣고 보니 의심스러운 점은 없는 것 같았다. 곤노스케는 오히려 사내가 부근의 지리나 풍속을 잘 알고 있는 것을 다행으로 여기고 뭐라도 참고할 게 있을 것 같아서 가면서 이런 저런 질문을 했다.

그렇게 아마미의 고원에 이르러 기이미 고갯마루에서 고야 봉우리가 눈앞에 보일 무렵이었다. 누군가 뒤에서 부르는 사람이 있었다. 뒤를 돌아보니 사내와 같은 행색을 한 행상이 뛰어오더니 숨을 헐떡이며 말했다.

"스기조杉蔵. 너무한 거 아닌가? 오늘 아침 떠날 때 부른다고 해서 아마노 마을 입구에서 기다리고 있었는데 아무 말도 없이 혼자 가 버리다니."

"아아, 겐스케源助. 미안하게 됐네. 도로쿠 님 댁의 손님과 함께 오느라 그만 깜빡하고 말았네. 하하하."

그는 머리를 긁적이면서 곤노스케의 얼굴을 보더니 또 웃었다.

"무사님과의 이야기에 푹 빠져서 그만……."

끈을 팔러 다니는 행상답게 두 사람은 끈을 얼마나 팔았고 끈 시세는 어떻고 따위를 한참 이야기하며 가다가 우뚝 걸음을 멈췄다.

"아, 이거 위험하겠어."

태곳적의 대지진으로 땅이 갈라진 낭떠러지에 통나무 두 개가 걸쳐 있었다.

"왜 그러시오?"

곤노스케가 두 사람 뒤로 다가가서 물었다.

"여기 통나무 다리가 부서져서 흔들리고 있습니다."

"사태가 난 건가?"

"그 정도는 아니지만 눈이 녹으면서 돌이 굴러 떨어진 걸 보수하지 않고 그냥 방치했기 때문입니다. 지나다니는 사람들을 위해 흔들리지 않도록 고정해놓을 테니 두 분은 잠시 쉬면서 기다리시지요."

두 사람은 서둘러 낭떠러지로 몸을 굽히더니 두 개의 썩은 통나무 끝에 돌을 괴고 흙을 쌓아 다졌다.

'심성이 착한 사람들이군.'

곤노스케는 속으로 그렇게 생각했다. 대개 여행의 고충은 항상 여행을 다니는 사람일수록 잘 알게 마련이다. 하지만 여행에 익숙한 자일수록 다른 여행자의 고충 따위는 돌아보지 않는 경우가 많다.

"아저씨들, 돌을 더 가져올까요?"

이오리도 두 사람의 선행을 도우려고 눈치 빠르게 근처에 있는 돌을 날라다 주었다.

낭떠러지는 꽤 깊었다. 내려다보니 두 길 이상은 되지 싶었다.

고원이어서 그런지 바닥에 물은 흐르지 않고 암석과 관목으로
메워져 있었다.

"이만하면 된 것 같네."

겐스케가 통나무 다리 끝에 올라가 발을 굴러보더니 곤노스
케를 보며 먼저 건너간다고 말하고는 껑충껑충 뛰면서 몸의 중
심을 잡으며 건너편으로 재빨리 건너갔다.

"자, 가시지요."

남아 있던 스기조가 권하자 곤노스케와 함께 이오리도 다리
위로 올라섰다. 그렇게 네다섯 걸음인가 옮겨 낭떠러지 한가운
데에 이르렀을 때였다.

"앗?"

"뭐야?"

이오리와 곤노스케는 갑자기 소리를 지르며 서로의 몸을 부
둥켜안은 채 그 자리에 멈춰 섰다. 앞서 건너간 겐스케가 풀숲에
미리 준비해두었던 창을 꺼내 들더니 아무 생각 없이 다리를 건
너오는 곤노스케를 향해 창끝을 겨누고 있었던 것이다.

'강도인가?'

깜짝 놀라서 뒤를 돌아보니 뒤에 있던 스기조도 언제 어디서
가져왔는지 똑같이 창을 들고 곤노스케와 이오리를 위협하고
있었다.

'아차!'

곤노스케는 자신의 실수를 깨닫고 입술을 깨물었다. 순간의 당혹감에 머리털이 곤두서는 표정이었다.

앞에도 창.

뒤에도 창.

썩은 통나무 두 개가 놀라움에 떠는 두 사람의 몸을 낭떠러지 위에서 지탱하고 있을 뿐이었다.

"아저씨! 아저씨!"

이오리는 계속 절규하면서 곤노스케의 허리를 꽉 부여잡고 있었다. 곤노스케는 이오리를 보호하면서 순간 눈을 감고 목숨을 하늘의 뜻에 맡기고 말했다.

"도적놈들이 수작을 부렸구나."

그러자 어디선가 굵은 목소리가 들렸다.

"닥쳐라!"

목소리의 주인공은 두 사람을 사이에 두고 창을 겨누고 있는 겐스케도 스기조도 아니었다.

"응?"

곤노스케가 맞은편 절벽 위를 올려다보니 왼쪽 눈두덩이 시 퍼렇게 멍이 든 채 부어오른 수도승의 얼굴이 보였다. 그 멍은 어제 곤고 사의 계천에서 이오리가 던진 돌에 맞아 생긴 자국 이었다.

3

"당황하지 마라."

곤노스케는 이오리를 다정한 말로 진정시킨 뒤 다른 사람으로 바뀐 듯 살벌한 목소리로 소리쳤다.

"쳐 죽일 놈!"

그러고는 다리 양쪽을 적의에 찬 눈으로 번갈아 경계하며 말을 이었다.

"바로 네놈의 농간이었구나. 어리석고 비열한 도적놈들……. 날 만만하게 봤다가 아까운 목숨이나 잃지 마라."

곤노스케와 이오리의 좌우에서 창을 들고 있는 자들은 아까부터 온몸의 기를 창끝에 모은 채 두 사람을 겨누고 있을 뿐 다리 위로는 한 발짝도 내딛지 않고 침묵을 지키고 있었다.

절체절명. 수도승은 오도 가도 못하는 썩은 통나무 다리 위에 갇힌 곤노스케가 노발대발하며 사지에서 소리치는 모습을 한쪽 절벽 위에서 싸늘하게 바라보다 소리쳤다.

"도적이라니! 우리가 몇 푼 되지도 않을 네놈들 노잣돈이나 노리는 도둑인 줄 아느냐? 그런 좁은 안목으로는 은밀히 적지에 숨어들 자격조차 없다."

"뭐? 숨어들었다고?"

"그렇다. 이 간토의 첩자 놈아!"

수도승은 큰소리로 꾸짖었다.

"그 지팡이를 밑으로 던져라. 허리에 찬 칼도 버리고 양손을 뒤로 돌려서 얌전히 포승을 받아라. 그리고 우리 거처까지 따라와라."

"아아."

곤노스케는 크게 숨을 내쉬고 순간 투지의 태반을 잃은 듯 말했다.

"잠깐만, 방금 그 한 마디로 비로소 의문이 풀렸소. 무슨 오해가 있는 듯한데, 난 간토에서 온 사람은 맞지만 절대로 첩자는 아니오. 무소류의 지팡이 하나를 들고 여러 지방으로 수련을 다니는 무소 곤노스케라는 사람이오."

"시끄럽다. 변명을 해도 소용없다. 자신이 첩자라고 떠들고 다니는 첩자가 세상에 어디 있단 말이냐!"

"아니오, 절대로 아니오."

"이제 와서 그런 말은 듣고 싶지 않다."

"끝까지 이러기요?"

"네 놈을 포박한 후에 물을 것이 있다면 묻겠다."

"득 될 게 아무것도 없는 살생은 하고 싶지 않소. 날 첩자로 보는 이유가 무엇이오?"

"수상한 사내가 동자 한 명을 데리고 에도 성의 군학자인 호조 아와노카미의 밀명을 받고 가미카타上方(간사이関西 지방) 쪽으로 비밀리에 떠났다고 간토에 있는 아군에게서 첩지가 왔다. 더욱이 이곳에 오기 전, 야규 효고나 그의 가신들과 은밀히 접촉한 것까지 보았다."

"모두가 오해에 불과하오."

"잔말 말고 순순히 따라와. 갈 데까지 가고 난 후 네놈이 하고 싶은 말이 있으면 얼마든지 해라."

"갈 곳이란 어디요?"

"가 보면 안다."

"만약 못 가겠다면?"

그러자 다리 양쪽에서 막고 있던 스기조와 겐스케가 한 발짝씩 앞으로 다가서더니 햇빛을 받아 번쩍이는 창끝을 겨눈 채 소리쳤다.

"찔러 죽이겠다!"

"뭐라고?"

곤노스케는 말하자마자 옆에 있는 이오리의 등을 손바닥으로 탁 쳐서 밀었다. 간신히 건널 수 있는 폭 밖에 되지 않는 두 개의 통나무에서 떠밀린 이오리는 몸이 기우뚱하더니 비명을 지르며 두 길이 넘는 낭떠러지 아래로 마치 스스로 뛰어내린 것처럼 떨어졌다.

"이얍!"

그리고 그 순간 곤노스케는 기합 소리와 함께 바람을 일으키며 지팡이를 치켜들더니 한쪽 창을 향해 온몸을 내던지듯 달려들었다.

4

창이 창으로서의 구실을 다하려면 찰나의 시간과 매우 좁은 거리가 필요하다. 자세를 잡고 있었지만, 또 찰나의 시간을 놓치지 않고 창을 뻗었지만, 스기조는 고함만 크게 질렀을 뿐 완벽하게 허공을 찌르고 말았다. 그리고 그와 동시에 온몸으로 달려든 곤노스케와 뒤엉켜 엉덩방아를 찧었다.

뒤엉켜 나뒹구는 동안에도 곤노스케의 지팡이는 그의 왼손에 있었다. 스기조가 급히 일어서려고 하자 그의 오른 주먹이 스기조의 얼굴을 강타했다.

"으악!"

스기조의 얼굴에서 피가 뿜어져 나왔고, 잇몸이 드러난 얼굴은 실제로 한가운데가 움푹 들어간 것처럼 보였다. 곤노스케는 그 얼굴을 밟고 뛰어올라서 고원의 평지 위로 내려서며 살기등등하게 소리쳤다.

"덤벼라!"

그러나 곤노스케가 죽을 운명에서 벗어났다고 생각하며 지팡이를 다른 자에게 겨눈 그 순간이야말로 진짜 사지가 그를 기다리고 있었다.

근처 풀밭에서 촌충 같은 두세 개의 끈이 휙 하는 소리와 함께 풀을 스치며 날아왔다. 끈 하나의 끝에는 날밑이 매여 있었고, 다른 끈에는 와키자시가 단단히 매여 있었다. 추 대신 매단 것인 듯싶었다. 기세 좋게 날아온 끈들이 곤노스케의 발목과 목을 휘감았다.

동료인 스기조가 당한 것을 보고 재빨리 다리를 건너온 겐스케와 수도승을 향해 지팡이를 겨눈 곤노스케의 손목에도 끈 하나가 넝쿨처럼 친친 감겼다.

"앗!"

거미줄에서 도망치려는 벌레처럼 곤노스케는 본능적으로 날뛰었지만, 대여섯 명의 사내들이 우르르 달려들어 몸부림치는 곤노스케를 완전히 뒤덮어버렸다. 그리고 꼼짝 못하게 손과 발을 붙잡았다.

"만만치 않은 놈이군."

그들이 곤노스케에게서 떨어져 땀을 닦고 있을 때 곤노스케는 이미 온몸이 묶인 채 땅바닥에 내동댕이쳐져 있었다.

그의 양손과 몸을 몇 겹으로 묶은 끈은 이 부근에서, 아니 근래에는 먼 지방까지 알려지기 시작한 히라우치平打 끈이라고 불리는 무명으로 꼰 질긴 끈이었는데 구도 산 끈, 사나다真田 끈이라고도 불리며 이 끈을 파는 행상을 어디에서나 볼 수 있을 정도로 널리 팔리고 있는 끈이었다.

방금 풀 속에서 갑자기 나타나 곤노스케를 묶어놓고 서로 얼굴을 쳐다보고 있는 예닐곱 명의 사내들도 모두 이 끈을 팔러 다니는 행상 차림이었는데, 수도승 차림의 사내만이 행색이 달랐다.

"말은 없느냐? 말은?"

수도승이 사내들에게 소리치더니 다시 물었다.

"구도 산까지 끌고 가는 것도 번거로우니 말 등에 묶어서 거적을 뒤집어씌우고 끌고 가는 게 좋을 것 같지 않겠나?"

"그게 좋겠군."

"요 앞 아마미 마을까지 가면……."

사내들은 모두 이의를 달지 않고 까맣게 한데 모여서 곤노스케를 재촉하며 풀과 구름 저편으로 급히 가 버렸다.

그런데 그 후, 낭떠러지 아래에서 차가운 바람이 불어올 때마다 사람의 목소리가 고원의 하늘로 울려 퍼졌다. 낭떠러지 아래로 떨어진 이오리가 외치는 소리였다.

봄비, 쏟아지다

1

새가 우는 소리도 우는 장소와 듣는 장소에 따라 다르게 들리고, 또 사람의 마음에 따라 다르게 느껴진다.

고야 숲속 깊은 곳에 있는 삼나무에서는 천상의 새라는 가릉빈가(불경에 나오는 사람의 머리를 한 상상의 새)의 울음소리가 맑게 울려 퍼지고 있었다. 이곳에선 속세에서 말하는 때까치나 직박구리, 모든 잡새까지도 가릉빈가의 울음소리처럼 들렸다.

"누이노스케縫殿助."

"예."

"무상하구나."

늙은 무사는 미오迷悟의 다리라고도 불리는 홍예다리 위에 서서 누이노스케라는 젊은 종자를 돌아다보았다.

어느 시골의 늙은 무사로밖에 보이지 않는 그는 손으로 짠 투박한 무명 하오리에 노바카마野袴(옷자락에 넓은 단을 댄 무사들의 여행용 하카마)를 입은 여행복 차림이었다. 하지만 허리에 차고 있는 크고 작은 두 칼은 흠잡을 데 없이 훌륭한 칼이었다. 그리고 종자인 누이노스케란 젊은이도 기골이 장대했고, 소위 잡인 나부랭이인 여느 고용인과는 달리 어릴 적부터 예의범절을 익힌 티가 엿보였다.

"오다 노부나가 공과 아케치 미쓰히데明智光秀 님의 묘, 또 이시다 미쓰나리石田三成 님과 긴고 주나곤金吾中納言 님, 이끼로 뒤덮인 오래된 비석에는 미나모토源 가의 사람들부터 다이라平 가의 일족들까지. ……아아, 헤아릴 수 없이 많은 사람들이 이끼에 뒤덮여 있구나."

"이곳에서는 적도 아군도 없는 듯합니다."

"모두가 하나의 적막한 돌에 지나지 않는구나. 우에스기上杉나 다케다武田와 같은 이름도 한낱 꿈만 같으니……."

"이상한 기분이 듭니다."

"어떤 심경이냐?"

"어쩐지 세상사가 모두 존재하지 않는 허상 같습니다."

"이곳이 허상이냐, 세상이 허상이냐?"

"잘 모르겠습니다."

"누가 붙였는지 오쿠노인奧の院(본당 안쪽에 있는 본존本尊·영상靈像을 모신 건물)과 바깥에 있는 사찰의 경계인 이곳을 미오의 다리라고 하더구나."

"이름을 잘 지은 듯합니다."

"나는 미혹도 실實이고 깨달음도 진眞이라 생각한다. 허상이라고 생각하면 이 세상은 없는 것이나 다름없으니 말이다. 주군에게 목숨을 바치고 있는 봉공 무사에게는 무상한 마음이 추호라도 있어서는 안 될 터. 그러기에 나의 선禪은 활선活禪이고 사바娑婆의 선이며 지옥의 선이다. 무상함에 떨며 세상을 혐오하는 마음으로 어찌 무사의 소임을 다할 수 있겠느냐."

늙은 무사는 그렇게 말하고 앞서 걸어갔다.

"나는 이쪽으로 건너가겠다. 자, 본래의 세상으로 서둘러 돌아가자."

나이에 비해 그의 걸음은 당당하고 힘이 넘쳤다. 목덜미에는 투구를 썼던 자국도 보인다. 이미 산 위의 명소나 아름다운 당탑을 모두 둘러보고 오쿠노인 참배도 끝낸 듯 그는 곧장 산 아래로 내려가는 길에 접어들었다.

"벌써 나와 있군."

늙은 무사는 하산 길 초입의 대문에 이르자 멀리서 그렇게 중얼거리며 이맛살을 찌푸렸다. 그곳엔 본산本山인 세이간 사靑嚴寺의 방주부터 스무 명이 넘는 젊은 제자들이 양쪽으로 줄을 짓고 서서 기다리고 있었다.

늙은 무사를 전송하러 나온 것이었다. 하지만 늙은 무사는 그

런 번거로움을 피하기 위해 오늘 아침에 떠날 때 곤고부 사金剛
峰寺에서 모두에게 작별 인사를 끝낸 터였다.

그런데 여기서 또 많은 사람들이 전송하러 나온 것을 보자 호
의는 감사하지만 잠행을 하고 있는 몸으로서 달갑지 않은 것은
분명했다.

늙은 무사는 그들에게 감사의 인사를 하고 구십구곡九十九
谷이라는 계곡을 눈 아래로 내려다보며 내리막길을 서두르자
비로소 마음이 홀가분해졌다. 또 그가 말하는 이른바 사바선이
나 지옥선을 필요로 하는 속세의 냄새와 자신의 인간 냄새인 마
음의 때도 어느새 마음속에 돌아와 있었다.

"앗, 당신들은?"

산길 모퉁이를 돌자 몸집이 크고 피부가 하얀 젊은 무사가 깜
짝 놀란 눈으로 그들을 보며 멈춰 섰다.

2

늙은 무사와 누이노스케는 자신들을 알아보는 목소리에 놀
라 걸음을 멈췄다.

"누구신지요?"

"구도 산에 계신 아버님의 명으로 온 사람입니다."

젊은 무사는 정중히 인사를 한 후에 말했다.

"만약 사람을 잘못 보았다면 용서하십시오. 길가에서 실례인 줄 알지만 혹시 부젠 고쿠라小倉에서 오신 호소카와 다다토시 공의 가신 나가오카 사도長岡佐渡 님이 아니신지요?"

"아니, 어떻게 나를……."

늙은 무사는 자못 놀란 듯했다.

"이런 곳에서 날 알아보는 그대는 대체 뉘시오? 내가 나가오 카 사도임에는 분명하오만."

"역시 사도 님이셨군요. 제 소개가 늦었습니다. 저는 이곳 구 도 산에 은거하고 계시는 겟소月曳의 아들인 다이스케大助라고 합니다."

"겟소?"

다이스케는 사도가 기억이 나지 않는 표정을 짓자 그의 눈썹 을 바라보며 말했다.

"아버님은 예전에 버리신 이름입니다만 세키가하라 전투 이 전에는 사나다 사에몬노스케真田左衛門佐라 불리던……."

"으응?"

사도는 깜짝 놀라며 물었다.

"그럼, 그 유키무라幸村 님 말이오?"

"예."

"그대가 그분의 아들이오?"

"예……."

다이스케는 늠름한 체구에 어울리지 않게 부끄러워하며 말했다.

"오늘 아침, 아버님의 거처에 들르신 세이간 사 스님께 사도님이 산에 오셨다는 말을 들었습니다. 잠행 중이시라는 말씀을 들었지만 다른 분도 아닌 사도 님께서 이곳을 지나가시는데 아무 대접도 못하고 그냥 보내드리는 것은 도리가 아니라시며 변변치 않지만 차라도 한 잔 올리고 싶다고 아버님께서 말씀하셨습니다. 그래서 이렇게 마중을 나온 것입니다."

"허허, 이거야 원."

사도는 눈을 가늘게 뜨고는 누이노스케를 돌아보며 물었다.

"일부러 이렇듯 마중까지 나왔는데 어떻게 하면 좋겠느냐?"

"글쎄요."

누이노스케도 명쾌하게 대답하기를 꺼리는 듯하자 다이스케가 거듭 청했다.

"혹시 괜찮으시면 아직 해도 많이 남아 있지만 하룻밤 머물러 주신다면 그보다 더 큰 광영이 없을 듯합니다. 또 아버님께서도 더없이 기뻐하실 것입니다."

한참 생각에 잠겨 있던 사도는 이윽고 마음을 정한 듯 고개를 끄덕이며 말했다.

"그럼, 신세를 좀 지겠네. 하룻밤 묵어갈지는 그때 가서 정하기로 하고. 누이노스케야, 여하튼간에 차나 한 잔 하고 가자."

"예. 모시겠습니다."

두 사람은 넌지시 눈빛을 교환하고 다이스케를 따라갔다.

잠시 후 구도 산의 마을이 보였고, 그 마을의 민가로부터 조금 떨어진 곳에 야트막한 산의 여울을 따라 석축을 쌓아 올리고 섶나무 울타리를 둘러친 집 한 채가 있었다.

흡사 토호가 산 위에 지은 저택처럼 보였는데 울타리와 대문도 낮게 지어서 풍아함을 잃지 않았다. 은둔자의 집이라는 말을 들어서 그런지 어딘가 고아한 운치가 느껴졌다.

"문 앞에 아버님이 나와 기다리고 계십니다. 저 초가입니다."

다이스케는 손으로 가리키고는 거기서부터 손님을 앞세우고 자신은 뒤에서 따라갔다.

3

흙담 울타리 안에는 아침저녁 국거리로 쓸 법한 나물이며 파 같은 채소가 밭에 심어져 있었다. 절벽을 등지고 있는 안채의 객실에서는 구도 산에 터를 잡고 있는 민가의 지붕과 가무로 역참의 지붕이 낮게 내려다보였다. 굽은 툇마루 옆에는 푸른 대나무 숲이 여울물 소리를 품고 있었고, 그 너머에도 거처가 있는 듯 두

채의 집이 어렴풋이 보였다.

사도는 안내를 받아 조용하고 기품이 느껴지는 방 안에 들어가 앉아 있었고, 누이노스케는 툇마루 끝에 무릎을 꿇고 앉아 있었다.

"참으로 고즈넉하군."

사도는 중얼거리며 방 안 구석구석을 둘러보았다. 주인인 유키무라와는 흙담 문을 지날 때 이미 만났다. 그러나 안내를 받아 이 방에 들어온 뒤로 인사는 아직 나누지 않았다. 손님 앞이라 격식을 차리고 나올 요량인 듯했다. 차는 아들인 다이스케의 아내로 보이는 여인이 공손히 가져와서 놓고 물러갔다.

너무 오래 기다리게 한다.

그러나 초조하지는 않았다.

주인이 없는 동안에도 객실의 모든 물건들이 손님을 다독여 주고 있었다. 정원 너머의 아득한 풍경, 어디에 있는지 보이지는 않지만 졸졸거리며 흐르는 여울물 소리, 초가지붕의 처마 끝에 피어 있는 사초 꽃까지.

또 사도 주변에는 이렇다 할 화려한 세간은 없었지만, 3만 8,000석의 우에다上田 성주인 사나다 마사유키真田昌幸의 차남이어서 그런지 은은히 풍겨오는 향목의 향기도 민간에서는 맡을 수 없는 것이었다. 기둥은 가늘고 천장은 낮았는데 초벽칠만 한 거친 벽의 작은 창에는 배꽃 한 송이를 꽂은 작은 꽃병이 놓여 있었다.

'이화일지춘대우梨花一枝春帶雨.'

사도는 백거이白居易의 시구를 떠올렸다. 〈장한가長恨歌〉의 양귀비와 한왕漢王이 소리 없이 흐느끼는 울음소리가 들리는 듯했다. 그런데 문득 벽에 걸려 있는 한 줄의 글귀가 눈에 들어왔다. 다섯 글자가 한 줄을 이루고 있었다. 굵은 필치와 짙은 먹으로 단숨에 써내려간 글은 대담하면서도 어딘지 순진무구한 면모를 띠고 있었는데 '풍국대명신豊國大明神'이라고 쓰여 있었다. 그리고 그 큰 글자 옆에 작게 '히데요리가 여덟 살 때 쓰다.'라고 적혀 있었다.

사도는 그것을 향해 등을 돌리고 앉아 있는 것이 저어되어 자리를 약간 옆으로 옮겼다. 향목을 피운 것도 손님을 위해 급히 준비한 것이 아니라 아침저녁으로 이곳을 정화하고 신주神酒를 올릴 때 피우던 향이 장지와 벽에 스민 것이 분명했다.

"하하하, 과연 소문대로 유키무라의 마음은……."

사도는 이내 짚이는 데가 있었다. 세간에 떠들썩하게 떠도는 "구도 산의 덴신 겟소傳心月叟, 사나다 유키무라야말로 결코 방심해서는 안 되는 인물이다. 바람과 구름처럼 언제 어떻게 변할지 모르는 사내이자 깊은 못 속에 잠겨 있는 용이다."라는 소문을 종종 들었던 것이다.

"그 유키무라가……."

사도는 이 집 주인의 속내를 헤아리기가 어려웠다. 일부러라도 숨겨놔야 할 것을 어찌 손님의 눈에 띌 만한 곳에 걸어두었단 말인가. 차라리 다이토쿠 사大德寺의 족자라도 걸어두었으면 될 것을.

그때 마루를 밟으며 걸어오는 인기척에 사도는 아무렇지 않은 듯 눈길을 돌렸다.

아까 문 앞에서 말없이 맞아준 몸집이 작고 마른 사내가 소매가 없는 하오리에 짧은 단검 하나를 차고 공손한 자세로 사죄를 했다.

"실례가 많았습니다. 자식 놈을 보내 여행길을 가로막아 죄송합니다. 용서해주십시오."

4

이곳은 은둔자의 한가로운 거처, 주인은 낭인.

본래 사회적인 지위는 개의치 않는 주객 사이라고는 하지만 손님인 나가오카 사도는 호소카와 번의 중신이다.

덴신 겟소라고 지금은 이름까지 바꿨지만 이 집의 주인인 유키무라는 사나다 마사유키의 직계 아들이고 그의 친형인 노부유키伸幸는 현재 도쿠가와 쪽 제후 중 한 사람이다.

그런 유키무라가 지나치리만큼 허리를 낮춰 공손하게 인사를 하자 사도는 매우 당황했다.

"고개를, 고개를 드시오."

사도는 황망히 고개를 숙여 인사를 받으며 말했다.

"뜻하지 않게 이리 뵙게 되었소이다. 소문은 늘 듣고 있습니다만 건승하신 모습을 뵈니 기쁘기 그지없구려."

유키무라는 손님의 겸손함에 격식을 풀며 말했다.

"사도 님께서도 여전한 듯하십니다. 얼마 전 다다토시 공께서 에도에서 무사히 고향으로 돌아가셨다는 소식을 듣고 멀리서나마 기쁘게 생각하고 있었습니다."

"올해는 마침 다다토시 님의 조부이신 유사이幽斎 공께서 3조구루마초車町의 별장에서 돌아가신 지 3년째가 되는 해여서……."

"벌써 그리 되었습니까?"

"이제 어느덧 나도 유사이 공, 산사이三斎 공, 그리고 지금의 다다토시 공, 이렇게 3대의 주군을 섬기는 골동품이 된 듯하오."

이렇듯 대화가 어느 정도 격의 없이 흐르게 되자 두 사람 사이에도 웃음꽃이 피었고, 서로가 세상과 동떨어진 한거閑居의 주객답게 마음을 터놓게 되었다.

마중을 나왔던 다이스케는 처음 알게 된 손님이었지만, 유키무라와 사도는 오늘이 초면은 아닌 듯했다. 잡담을 하는 중에 유키무라가 물었다.

"최근에 화상을 만나셨는지요? 묘신 사妙心寺의 구도愚堂 화상 말입니다."

"전혀 소식을 듣지 못하고 있습니다. 그렇지, 유키무라 님을 처음 뵌 것이 구도 화상의 선실이었구려. 부친이신 마사유키 님을 모실 때였지요. 나는 묘신 사 경내의 슌포인春浦院을 건립하라는 주군의 명을 받고 당시엔 쉴 새 없이 드나들었지요. ……정말 오래전 일이구려. 유키무라 님도 그때는 젊으셨는데."

사도가 지난날이 그리운 듯 추억에 잠기자 유키무라도 맞장구를 쳤다.

"그 무렵에는 자주 구도 화상의 방에 모였었지요. 화상께서도 제후와 낭인, 노소의 차별 없이 대해주셨고요."

"특히 세상의 낭인과 젊은이들을 사랑하셨소. 화상께서 자주 하시던 말씀 중에 부랑자는 낭인이 아니다. 진정한 낭인이란 가슴속에 고뇌를 품고 굳건한 의지와 절개를 지닌 자다. 진정한 낭인은 명리를 구하지 않고, 권력에 아첨하지 않고, 세상에 임해서는 정사를 사사로이 다루지 않고, 의에 임해서는 사심이 없으며 몸은 흰 구름과 같이 표묘縹緲하고 행동은 비와 같이 빠르며, 그리고 가난함을 스스로 즐길 줄 알고 목표를 이루지 못해도 불평하지 말라며……."

"잘 기억하고 계시는군요."

"하지만 그런 진정한 낭인은 창해蒼海의 구름처럼 흔치 않다고 자주 한탄을 하셨지요. 그러나 한편으로는 역사를 되돌아보면 국난이 닥쳤을 때 사심 없이 자신의 몸을 초개처럼 던져 나라를 구한 이름 없는 낭인이 얼마나 되는지 모르며, 땅속에 묻힌 그런 무수한 이름 없는 낭인들의 백골이 이 나라를 떠받치는 기둥이 되고 있다고도 하시며 과연 지금의 낭인들은 어떠한가, 라고 말씀하셨지요."

사도는 그렇게 말하며 유키무라의 얼굴을 일부러 똑바로 쳐다보았다. 하지만 유키무라는 그 눈빛을 느끼지 못했다는 듯 말했다.

"그렇습니다. 그 이야기를 들으니 문득 생각났는데, 그 무렵 구도 화상의 슬하에 있던 사람 중에 사쿠슈作州의 낭인인 미야모토 아무개라는 나이 어린 자가 있었는데, 노신께서는 기억하고 계시는지요?"

5

"사쿠슈의 낭인인 미야모토라면?"

사도는 유키무라의 질문을 그대로 되뇌며 물었다.

"무사시를 말하는 것이 아니오?"

"맞습니다. 미야모토 무사시, 무사시라고 했습니다."

"그가 어쨌기에?"

"당시엔 스무 살도 채 되지 않은 나이였지만 어딘가 중후한 풍모가 있었고, 늘 때에 전 옷을 입고 구도 화상의 선실 구석에 와 있었는데."

"그 무사시가 말이오?"

"기억이 나셨습니까?"

"아니, 아니오."

사도는 고개를 저으며 말했다.

"내가 그를 마음에 두게 된 것은 최근의 일로, 그것도 에도에 있을 때였소."

"그럼, 지금 에도에 있습니까?"

"실은 주군의 명도 있고 해서 은밀히 찾고는 있지만 도무지 어디에 있는지 알 수가 없구려."

"구도 화상이 무사시를 두고 장차 큰 인물이 될 것이라고 말씀하신 일이 있어서 저도 은밀히 지켜보고 있었는데, 홀연히 사라진 뒤 몇 해가 지나 이치조 사一乘寺 사가리마쓰下り松(옛날부터 여행자의 표시로 계속 심어온 소나무. 이치조 사의 상징이 되었고, 지금 남아 있는 소나무는 4대째다) 결투에서 그가 활약한 이야기를 소문으로 전해 듣고 역시 화상의 눈이 정확하다고 생각하고 있었습니다."

"나 역시 그런 무명武名과는 달리 에도에 있을 때 시모우사下

総의 호덴가하라法典ヶ原라는 곳에서 보기 드물게 토착민들을 가르치고 황무지를 개간하고 있는 낭인이 있다는 말을 듣고 만나고 싶은 마음에 찾아가 보았더니 벌써 그곳을 떠났더이다. 나중에 그가 미야모토 무사시라는 낭인이라는 말을 듣고 아직도 마음에 담아두고 있지요."

"아무래도 제가 아는 바로는 그런 사내와 같은 자가 화상이 말하는 진정한 낭인, 이른바 창해의 보석 같은 사람인지도 모르겠습니다."

"유키무라 님께서도 그렇게 생각하시오?"

"구도 화상의 이야기를 하다 문득 생각이 났는데 왠지 마음 한 구석에 담아둘 만한 점이 있는 사내인 듯합니다."

"실은 나도 주군이신 다다토시 공께 천거했지만, 그 창해의 보석을 좀처럼 만나기가 어려워서."

"무사시라면 저도 천거할 만한 인물이라고 생각합니다."

"그렇지만 그런 인물이면 벼슬이나 녹봉을 바라기보다 자신이 품은 일에만 뜻을 두고 있을 것이 분명할 것이오. 어쩌면 호소카와 가보다 구도 산으로부터의 부름을 더 기다리고 있을지도 모르겠소."

"예?"

"하하하하."

사도는 이내 웃음을 그쳤지만, 방금 유키무라에게 한 말은 절대 부주의하게 흘러나온 말이 아니었다. 나쁘게 말하면 유키무라의 속내를 떠보려고 은근슬쩍 선수를 친 것이라고도 볼 수 있었다.

"별 농담을 다 하십니다."

유키무라도 웃음으로 넘겨버릴 수만은 없다는 듯 말했다.

"지금은 그런 젊은 인재 한 명조차 품을 수 있는 처지가 아닌데 어찌 제가 이름을 떨치고 있는 낭인들을 구도 산에 맞아들일 수 있겠습니까? 하긴 그들도 오지 않으려고 하겠지만."

유키무라가 궁색한 변명에 지나지 않는다는 사실을 알면서도 이렇게 덧붙이자 사도는 그 틈을 놓치지 않았다.

"뭐, 숨기고 계시는 일이라도 있소이까? 세키가하라 전투에서 호소카와 가는 동군에 가세하여 도쿠가와 쪽과 반대편이라는 것은 이미 세상 사람들이 다 알고 있습니다. 또 유키무라 님께서는 돌아가신 다이코太閤(도요토미 히데요시) 님의 유자인 히데요리 공이 유일한 자신의 편이라며 의지하는 분이라는 사실역시 세상 사람들에게 숨길 수 없는 일이지요. 방금 전에도 어쩌다 마루에 걸려 있는 족자를 보았는데 평소의 마음가짐을 잘 알 수 있었습니다."

사도는 히데요리가 쓴 글을 돌아보면서 전장은 전장이고 지금은 사적인 자리라는 듯 가슴을 펴고 그렇게 말했다.

6

"그렇게 말씀하시니 어디 쥐구멍에라도 들어가고 싶은 심정입니다."

유키무라는 사도의 말이 뜻밖이라는 듯 다소 성가신 듯한 표정으로 말했다.

"히데요리 공의 그 어서御書는 다이코 님의 영정이라 생각하라며 오사카 성에 있는 분이 특별히 내려주신 물건이라 소홀히 다룰 수 없어서 걸어놓은 것입니다. 다이코께서도 돌아가신 지금으로서는……."

유키무라는 고개를 숙인 채 잠시 목소리를 가다듬고 말을 이었다.

"허나 변해가는 세상은 꼭 그렇지만도 않은 듯합니다. 오사카의 앞날이 어떻게 될지, 간토의 위세가 어디까지 갈지, 어느 누가 보더라도 그 시류는 이미 정해진 듯합니다. 그렇다고 해서 급작스레 지조를 굽히고 두 군주를 섬길 수도 없는 것이 저의 불쌍한 말로입니다. 웃고 넘어가 주시지요."

"유키무라 님은 그렇게 말씀하셔도 세상은 그렇게 여기지 않습니다. 조금 더 솔직히 말씀드리자면 요도淀 마님(도요토미 히데요시의 측실)이나 히데요리 공께 해마다 막대한 자금을 은밀히 보내시고, 유키무라 님이 손을 한 번 들면 당장이라도 이 구도 산을 중심으로 5,000~6,000명의 낭인이 무기를 들고 몰려들 것이라고 하더군요."

"하하하, 터무니없는 말입니다. 사도 님, 인간이란 자신의 능력 이상으로 높은 평가를 받는 것만큼 괴로운 일은 없을 것입니다."

"허나 세상이 그렇게 여기는 것도 무리가 아니지요. 젊었을 때부터 다이코 님을 가까이에서 모시며 유독 총애를 받지 않으셨습니까? 게다가 사나다 마사유키 님이 차남이신 유키무라야말로 당대의 구스노키이자 제갈공명이라며 눈여겨보고 계시는 만큼."

"그만하시지요. 그런 말을 들을 때마다 몸 둘 바를 모르겠습니다."

"허면 내가 잘못 들은 것이오?"

"제가 바라는 건 남은 여생 이 산기슭에 뼈를 묻고 풍류를 가까이하지 않으면서 하다못해 밭이라도 늘리고 자손을 돌보며 가을에는 햇메밀국수를, 봄에는 나물을 밥상에 올리고 피비린내 나는 아수라장 이야기나 전쟁 소식은 소나무에 부는 바람쯤으로 여기고 장수를 누리는 것입니다."

"진심이오?"

"요즘 틈만 나면 노자와 장자 등이 쓴 서책을 읽고 있는데, 세상을 즐기는 것이 인생이고 즐기지 못하는 것이 어찌 인생이겠는가, 라는 것을 새삼 깨달았습니다. 천박하게 생각하실지 모르겠지만……."

"……허허."

사도는 그의 말을 진짜로 받아들이지는 않았지만, 진짜로 받아들인 척하며 일부러 감탄했다는 표정을 지어 보였다.

어느새 반 시진이 지났다. 그사이에 몇 번인가 다이스케의 아내인 듯한 여인이 들어와서 조심스레 차를 따르고 물러갔다. 사도는 다과상의 보리강정을 하나 집어 들며 말했다.

"대접을 받으며 괜히 쓸데없는 말만 늘어놓은 건 아닌지 모르겠소. ……누이노스케야, 이제 슬슬 일어서는 것이 좋을 듯하구나."

사도가 툇마루 쪽을 돌아보며 말하자 유키무라가 그런 그를 말리며 말했다.

"잠시만 기다려주시지요. 며느리와 아들놈이 지금 저쪽에서 메밀을 반죽해 국수를 만들고 있는 모양입니다. 산간이라 변변히 대접할 건 없지만 아직 해도 높이 떠 있고 가무로에서 묵으실 생각이시면 아직 시간도 넉넉한 편이니 잠시만……."

그때 다이스케의 목소리가 들렸다.

"아버님, 자리를 옮기시지요."

"다 되었느냐?"

"예."

"자리도?"

"저쪽에 마련해놓았습니다."

"알겠다. 자, 그럼……."

유키무라는 손님을 재촉하고는 툇마루를 따라 앞서 걸어갔다. 사도도 그의 호의에 흔쾌히 뒤를 따라갔다. 그런데 그때 문득 뒤쪽 대나무 숲 건너편에서 이상한 소리가 들렸다.

7

그 소리는 베틀 소리처럼 들렸지만 그보다는 소리도 컸고 박자도 달랐다. 대나무 숲 앞에 있는 뒤편 객실에 주인과 손님을 위해 메밀국수와 술병이 차려져 있었다.

"변변치 않습니다."

다이스케가 젓가락을 권하면서 말했다. 아직도 낯을 가리는 듯한 며느리가 술을 따랐다.

"한 잔 따라드리겠습니다."

"술은……."

사도는 술잔을 엎어놓고 메밀국수 쪽으로 젓가락을 가져갔다.

"이게 좋겠군."

그러자 다이스케와 며느리도 더 이상 권하지 않고 눈치껏 자리에서 물러갔다. 그러는 동안에도 대나무 숲 쪽에서 베틀 소리를 닮은 소리가 연신 들려오자 사도가 물었다.

"저 소리가 무슨 소리입니까?"

유키무라는 그제야 그 소리가 손님의 귀에 거슬린다는 것을 깨달은 듯 말했다.

"아, 저 소리 말씀입니까? 저 소린 부끄럽지만 생계를 꾸리기 위해 가족들과 하인들이 작업장에서 노끈을 만드느라 나무 수레를 돌리는 소리입니다. 지금 끈을 꼬는 나무 수레를 돌리는 중이라서 소리가 요란합니다. 저희들은 직업이기도 하고 아침저녁으로 듣는 소리라서 귀에 익었지만 손님에겐 좀 거슬릴 것입니다. 속히 일러 나무 수레를 멈추도록 하겠습니다."

유키무라가 손뼉을 쳐서 며느리를 부르려 하자 사도가 만류하며 말했다.

"아니, 그러실 것까진 없습니다. 생계가 걸린 일을 방해하는 건 당치도 않은 일입니다. 마음 쓰지 마십시오."

이곳 뒤편 객실은 안채의 가족들이 있는 곳에서 가까운 듯 드나드는 사람들의 목소리나 부엌에서 나는 소리, 어딘가에서 돈을 세는 소리 등이 들려 먼저 있던 별실과는 분위기가 사뭇 달랐다.

'허허, 이런 일이라도 하지 않으면 입에 풀칠을 할 수 없을 만큼 어려운 처지란 말인가?'

사도는 의아했지만, 중앙 정부로부터 받는 녹봉 같은 것이 전혀 없다면, 쇠락한 다이묘大名(넓은 영지를 가진 무사. 특히 에도 시대에 봉록이 1만 석 이상인 무가武家)의 말로가 이럴 것이라는 생각이 들기도 했다. 가족이 많고 농사에도 익숙지 않으면 수중에 있는 물건을 팔아서 먹고사는 것도 한계가 있을 것이다.

사도는 이런저런 생각을 하며 메밀국수를 먹기 시작했다. 하지만 국수의 맛에서는 유키무라라는 인간을 알아낼 수 있는 방법이 없었다.

'속을 참 알 수 없는 사내야.'

10년쯤 전에 구도 화상의 슬하에서 알게 되었을 때의 인상과는 어딘지 확연히 달라져 있었다.

그러나 자기 혼자 그의 속내를 알아내기 위해 애쓰고 있는 동안에도 유키무라는 자신과 잡담을 나누면서 호소카와 가의 근황 같은 것을 염탐하고 있는지도 모른다.

'그는 이쪽의 의도를 알아내려는 질문들은 전혀 하지 않았어.'

무엇보다도 유키무라는 사도가 무슨 일로 고야 산에 왔는지조차 물어보지 않았다.

애초에 사도의 이번 산행은 군주의 명에 따른 것이었다. 고인인 호소카와 유사이 공은 다이코 도요토미 히데요시가 살아 있을 때 그를 모시고 세이간 사에 온 적이 있었는데, 그때마다 산위에서 오래 머물렀고 노래책을 저술하면서 여름을 보내기도 했던 터라 세이간 사에는 그때 유사이 공이 직접 쓴 서책이나 문방사우와 같은 유품이 그대로 남아 있었다. 사도는 그것들을 정리해서 받아가기 위해 이번 3년째 되는 기일을 앞두고 부젠의 고쿠라에서 일부러 온 것이었다.

유키무라는 그런 것조차 물어보지 않았다. 다이스케가 말한 대로 자신의 집 앞을 지나가는 손님에게 차 한 잔 대접하고자 하는 것이 겉과 속이 다르지 않은 그의 진의이자 호의라고밖에는 생각할 수 없었다.

8

아까부터 툇마루 끝에 무릎을 꿇고 앉아 있던 누이노스케는 안으로 들어간 주인의 신상이 불안하기만 했다. 겉으로 아무리 환대를 해도 여기는 적의 집이었다. 도쿠가와 가의 입장에서는 한 순간도 방심할 수 없는 거물로서 요주의 인물로 간주하고 있는 자의 집이다.

그 때문에 도쿠가와 가에서 기슈의 영주 아사노 나가아키라浅野長晟에게 구도 산을 감시하라는 명을 내렸지만, 상대가 워낙 거물이고 빈틈이 없는 유키무라라는 인물이라 애를 먹고 있다는 소문도 진작부터 듣고 있었다.

'이쯤에서 돌아가시는 것이 좋을 텐데.'

누이노스케는 마음을 졸이고 있었다. 이 집에 어떤 위험이 도사리고 있는지도 모르고, 혹 그렇지 않다 해도 감시를 하고 있는 아사노 가에서 호소카와 가의 노신이 잠행 중에 이곳에 들렀다고 보고하면 도쿠가와 가의 심증에 나쁜 영향을 줄 것이다.

간토와 오사카는 사실 그 정도로 험악한 관계였다.

'사도 님이 그런 걸 모르시진 않을 텐데.'

누이노스케는 속을 태우며 방 안의 분위기에 모든 신경을 곤두세우고 있었다. 그런데 갑자기 툇마루 옆에 있는 개나리와 황매화 꽃이 크게 흔들리더니 어느새 먹물을 풀어놓은 듯 어두컴컴해진 하늘에서 빗방울이 후드득 떨어졌다.

누이노스케는 마침 잘됐다는 듯 툇마루에서 내려와 정원을 따라 사도가 접대를 받고 있는 방 쪽으로 가서 외쳤다.

"주인 나리, 비가 쏟아질 듯하니 떠나시려거든 지금이 좋을 듯합니다."

아까부터 일어나고 싶어도 일어나지 못하고 있던 사도는 눈치가 빠른 녀석이라고 생각하면서 즉각 대답했다.

"아, 누이노스케구나? 비가 올 것 같다고? 비가 더 퍼붓기 전에 어서 가도록 하자."

사도가 인사를 하고 서둘러 일어서자 유키무라는 하다못해 하룻밤 묵어가길 청하고 싶었지만, 그들의 마음을 알아챘는지

군이 만류하지는 않고 다이스케와 며느리를 불렀다.

"손님께 도롱이를 내어 드리거라. 그리고 다이스케는 가무로까지 배웅해드리도록 하고."

"예."

다이스케가 도롱이를 가지고 오자 사도는 그것을 두르고 대문을 나섰다. 센조가타니千丈ヶ谷 기슭과 고야 산의 봉우리에서 구름이 빠르게 몰려오고 있었지만, 비는 그다지 많이 내리지 않았다.

"그럼, 안녕히 가십시오."

유키무라와 가족들이 문가에서 손님을 배웅하며 말하자, 사도도 정중하게 인사를 하며 유키무라에게 말했다.

"언젠가 또 비가 오는 날이든 바람이 부는 날이든 다시 뵐 날이 있겠지요. 그럼, 건승하시길."

유키무라는 싱긋 웃으며 고개를 끄덕였다.

'언젠가 다시……'

'언젠가 다시……'

두 사람은 서로 말 위에서 긴 창을 들고 마주할 모습을 머릿속에 그리며 이렇게 중얼거린 듯했다. 담장 너머의 살구꽃이 비에 젖어 떨어지며 가는 봄을 아쉬워하듯 떠나보내는 주인과 떠나가는 객의 도롱이를 반점으로 하얗게 물들였다.

다이스케가 배웅하면서 말했다.

"그리 많이 내릴 것 같지는 않습니다. 이곳은 늦봄의 이 무렵이면 하루에 한 번씩 꼭 저리 먹구름이 빠르게 지나가곤 하니 말입니다."

그런데 비구름에 쫓겨 걸음을 재촉해서 가무로의 역참 입구 부근까지 온 그들은 맞은편에서 달려오는 말 한 필과 흰옷을 입은 수도승과 마주쳤다.

9

짐말의 등에는 거적이 씌워져 있었는데 끈으로 친친 동여맨 사내를 안장 위에 붙들어 매고는 양쪽에서 장작 다발로 고정시켜놓고 있었다.

수도승이 앞에서 달려오고 행상 차림의 사내 둘이, 한 사람은 고삐를 잡고 한 사람은 가는 대나무를 들고 말의 엉덩이를 때리면서, 매우 급하게 달려오고 있었다.

그들과 마주친 순간 다이스케는 시선을 돌려서 일부러 나가오카 사도를 보며 말을 걸었지만 그것을 눈치 채지 못한 수도승이 활기찬 목소리로 다이스케를 불렀다.

"앗, 다이스케 님."

그럼에도 다이스케는 여전히 듣지 못한 척 딴청을 부렸지만,

사도와 누이노스케는 이상하다는 표정으로 바로 걸음을 멈추고 수도승 쪽으로 눈길을 보내며 가르쳐주었다.

"다이스케 님, 누가 부릅니다."

다이스케는 어쩔 수 없이 아는 체하며 말했다.

"아아, 린쇼林鐘 스님이시군요. 어디 가십니까?"

"기미 고개紀見峠에서 곧장 이리로 왔는데 바로 댁으로 가려고 합니다."

그는 그렇게 서서 큰 소리로 이야기하기 시작했다.

"일전에 말씀하신 수상쩍은 간토의 사내를 나라에서 발견하고 겨우 기미의 산마루에서 사로잡았습니다. 보통내기가 아니지만 겟소 님께 끌고 가서 조사를 하면 이자의 입에서 간토 쪽 기밀 등이……."

그대로 잠자코 있었다가는 묻지도 않은 말까지 떠들어델까 봐 다이스케가 그의 말을 가로막으며 말했다.

"여보시오, 스님. 무슨 말씀이오? 나는 도무지 무슨 말을 하는지 모르겠소이다."

"말 등을 보십시오. 저 말 등에 붙들어 맨 자가 바로 간토의 첩자입니다."

"에잇, 멍청한 자 같으니!"

다이스케는 이미 모든 것이 탄로 났다는 듯한 표정으로 호통을 쳤다.

"길가에서, 더구나 내가 모시고 가는 손님이 누군지 알고 하는 소리요? 부젠 고쿠라에서 오신 호소카와 가의 노신 나가오카 사도 님이란 말이오. 어찌 그리 눈치도 없이…… 장난도 정도껏 하시오!"

"예?"

린쇼는 그제야 눈을 다른 쪽으로 돌렸다.

사도와 누이노스케는 못 들은 척 다른 곳을 둘러보고 있는데 그새 빠르게 몰려온 구름이 머리 위를 지나가고 있었다. 비를 머금은 바람이 불어올 때마다 사도가 두르고 있는 도롱이가 흡사 백로의 깃털처럼 바람에 부풀어 올랐다.

'저자가 호소카와 가의?'

린쇼는 입을 다물고 사뭇 의외라는 듯 놀라며 의심에 찬 눈으로 곁눈질을 하다가 작은 목소리로 다이스케에게 물었다.

"어떻게 된 일이오?"

다이스케는 두세 마디 뭔가를 속삭이고 이내 사도 쪽으로 갔지만, 그것을 기회로 나가오카 사도는 억지로 다이스케와 헤어져 인사도 대충 하고 떠나버렸다.

"그만 이쯤에서 돌아가시지요. 이 이상 폐를 끼치기가 미안하구려."

다이스케는 어쩔 수 없이 멍하니 선 채 그들의 뒷모습을 바라보다가 말과 린쇼에게 눈길을 돌리더니 소리쳤다.

"이런 아둔한 인간을 봤나! 장소와 사람을 가려가면서 말을 해야 할 것 아닌가! 아버님의 귀에라도 들어가면 그냥 넘어가시지는 않을 것이다!"

"옛. 전 그런 줄도 모르고……."

수도승은 면목이 없다는 듯 사과를 했다. 그는 바로 사나다의 가신인 도리우미 벤조鳥海弁蔵라는 자로 이 근방에서는 모르는 사람이 없었다.

항구

1

'내가 미친 걸까?'

이오리는 가끔 그런 두려움에 사로잡혔다. 물웅덩이를 보면 으레 제 얼굴을 비춰보고는 '얼굴은 알아보겠네.'라며 다소간 마음을 놓았다.

어제부터 걷고 있었지만 어떻게 걷고 있는지조차 알 수가 없었다. 낭떠러지에서 기어 올라온 뒤로 계속 걸었다.

"덤벼라!"

이오리는 갑자기 발작하듯 하늘을 향해 소리를 지르거나 "빌어먹을!" 하고 욕을 해대며 땅을 노려보고, 그럴 힘조차 빠지면 팔뚝으로 눈물을 훔치곤 했다.

"아저씨!"

곤노스케를 불러보았다.

역시 이미 이 세상 사람이 아니지 싶었다. 계략에 걸려 죽었을 것이라고 생각했다. 그 부근에 흩어져 있던 곤노스케의 소지품들을 보고 그런 확신이 들었다.

"아저씨, 아저씨……."

아무 소용이 없는 줄 알면서도 다정다감한 소년의 영혼은 그렇게 불러보지 않고는 견딜 수 없었다. 어제부터 줄곧 걷기만 했는데도 피곤한 줄 몰랐다. 다리에도, 귀 언저리에도, 손에도 피가 묻어 있었다. 옷도 찢어져 있었지만 전혀 개의치 않았다.

'여기가 어디지?'

가끔가다 제정신이 돌아올 때는 배고픔을 느낄 때뿐이었다. 뭔가 먹기는 했지만 무엇을 먹었는지 잘 기억이 나지 않았다.

그저께 밤에 묵었던 곤고 사나 혹은 그전에 있던 야규 장원을 떠올리면 갈 곳이 있을 텐데, 이오리의 머릿속에는 낭떠러지 이전의 기억이 떠오르지 않는 듯했다.

막연하게 살아 있다는 것만 느끼며 갑작스레 외톨이가 된 자신의 살 길을 찾아다니고 있는 모습이었다.

무지개처럼 갑자기 푸드득거리며 눈앞을 가로질러 가는 것이 있었다. 꿩이었다. 등나무 향기도 났다. 이오리는 자리에 주저앉아 다시 한 번 생각했다.

'여긴 어딜까?'

그는 문득 의지할 것을 찾아냈다. 대일여래의 미소였다. 대일여래는 구름 저편, 또 산봉우리와 골짜기까지 어느 곳에나 계시는 것처럼 여겨져서 그는 잔디밭에 털썩 주저앉아 두 손을 모았다.

'제가 갈 길을 가르쳐주십시오.'

한동안 눈을 감고 있던 이오리가 얼굴을 들자 산과 산 사이로 멀리 바다가 보였다. 아련하게 푸르스름한 안개처럼…….

"꼬마야."

아까부터 이오리의 뒤에 서서 의아한 눈길로 바라보고 있던 부인이었다. 딸과 어머니로 보이는 두 사람은 모두 간편한 여행 차림이었는데, 남자 시종도 없이 둘만 있었다. 인근 마을에 사는 양갓집 모녀가 신사에 참배를 드리러 가는 길이거나 절에 불공을 드리러 가는 길이거나 그도 아니면 봄 소풍을 나온 것일지도 모른다.

"왜요?"

이오리는 고개를 돌려 부인과 딸의 얼굴을 물끄러미 바라보았다. 여전히 얼이 빠진 듯한 눈빛이었다.

딸이 어머니를 보고 속삭였다.

"어떻게 된 걸까요?"

부인은 고개를 갸우뚱거리다 이오리 곁으로 다가와서 손과 얼굴에 묻은 피를 보고 눈살을 찌푸리며 물었다.

"아프지 않니?"

이오리가 고개를 가로젓자 부인은 딸을 돌아보며 말했다.

"말귀는 알아듣는 모양이다."

2

"어디에서 왔니?"

"고향은 어디지?"

"이름은 무엇이니?"

"그리고 대체 이런 곳에서 뭘 빌고 있는 거니?"

부인과 딸이 번갈아가며 묻자 이오리는 그제야 겨우 평소의
모습을 다소 되찾은 듯 대답했다.

"기미 고개에서 일행이 살해당했어요. 그리고 저는 낭떠러지
아래에서 기어 올라와 어제부터 어디로 가야 할지 몰라서 대일
여래님에게 빌고 있었더니 저쪽에 바다가 보였어요."

처음에는 께름칙하게 여기던 딸도 이오리의 이야기를 듣고 나
서는 오히려 어머니로 보이는 부인보다 더 동정심을 나타냈다.

"어머, 불쌍해라. 어머니, 사카이堺까지 데리고 가요. 나이도
적당하니 가게에서 일을 시켜도 되지 않을까요?"

"그러면 되겠지만, 이 아이가 따라오겠니?"

"얘, 같이 갈 거지?"

이오리가 고개를 끄덕였다.

"그럼, 따라오렴. 대신 이 짐 좀 들어줄래?"

"⋯⋯응."

아직은 어색한 듯 일행이 되어 같이 걸어가면서도 이오리는 무엇을 물어도 그저 "응."이라는 말밖에 하지 않았다.

하지만 그것도 오래가지는 않았다. 산을 내려와서 마을길이 끝나고 이윽고 기시와다岸和田 마을에 도착했다. 아까 이오리가 산에서 본 바다는 이즈미和泉 포구였다. 사람들이 많은 거리를 걸어가는 동안 이오리는 모녀와의 동행에 익숙해졌다.

"아줌마, 아줌마 집은 어디예요?"

"사카이란다."

"이 근처예요?"

"아니, 오사카 근처야."

"오사카는 어디쯤이에요?"

"기시와다에서 배를 타고 가야 돼."

"배요?"

이오리에게 그 말은 뜻밖의 기쁨이었다. 그는 기쁨에 겨워 묻지도 않은 말까지 떠들기 시작했다. 에도에서 야마토까지 오는 동안 강을 건널 때 나룻배는 몇 번 탔지만 바다 배는 아직 타본 적이 없고, 자신이 태어난 시모우사에 바다는 있지만 배는 탄 적이 없었기 때문에 배를 탄다면 정말로 좋겠다는 등 잠시도 쉬지 않고 입을 놀렸다.

"이오리야."

딸은 이미 그의 이름을 기억하고 있었다.

"자꾸 아줌마라고 부르는 건 이상하니까 어머니는 마님이라고 부르고 난 아가씨라고 부르렴. 이제부터 습관을 들여놓지 않으면 안 되니까."

"응."

이오리가 고개를 끄덕였다.

"'응'이라고 대답하는 것도 안 돼. '응'이라고 하지 말고 앞으론 '예'라고 대답해."

"예."

"그래그래, 너 참 착한 애구나. 가게에서 일을 잘하면 나중에 가게에서 높은 사람으로 만들어줄게."

"아줌마 집은…… 아, 아니지, 마님 댁은 뭘 하는 곳이에요?"

"사카이에서 해운업을 하고 있단다."

"해운업이요?"

"넌 잘 모르겠지만 배를 많이 갖고 있으면서 주고쿠中國, 시코쿠四國, 규슈九州의 다이묘 님들이 시키는 일을 하거나 화물을 싣고 항구마다 들르곤 하는 상인이란다."

"뭐야, 장사꾼이었구나?"

이오리는 갑자기 두 사람을 업신여기듯 그렇게 중얼거렸다.

"뭐야, 장사꾼이었구나, 라고? 요 녀석 참 건방지게 말하네."

딸은 어처구니가 없다는 듯 어머니를 쳐다보더니 다시 이오리를 흘겨보며 말했다.

"호호호, 상인이라고 하니까 떡장수나 그렇지 않으면 기껏해야 포목전 정도로 생각하는 모양이지?"

부인은 흘려들으며 오히려 애교로 받아들였지만, 딸은 사카이 상인의 긍지를 갖고 미리 말해두지 않으면 직성이 풀리지 않는다는 듯한 태도로 대충 이런 이야기를 했다.

그녀의 사업장은 사카이의 도진마치唐人町 해안에 있는데, 석동의 창고와 수십 척의 배를 가지고 있다고 했다. 또 사업장은 사카이뿐 아니라 나가토長門의 아카마가세키赤間ヶ関에도 있고, 사누키讚岐의 마루가메丸亀와 산요山陽의 시카마飾磨 항구에도 있다고 했다.

그중에서도 고쿠라의 호소카와 가로부터는 특별히 번의 공무도 의뢰받고 있는 터라 배에다 문장을 붙이는 일도 허락받고 성을 붙이고 칼을 차는 일도 허락받아서 아카마가세키의 고바야시 다로자에몬小林太郎左衛門이라고 하면 주고쿠, 규슈까지 모르는 사람이 없다는 등등의 자랑을 늘어놓고 이렇게 덧붙였다.

"상인이라고 해서 다 같은 상인인 줄 아니? 해운업이라는 건

막상 전쟁이라도 터져봐. 사쓰마薩摩 님도 호소카와 님도 번의 배만으로는 턱없이 부족하단다. 그래서 평소에는 그저 객주에 지나지 않지만 전쟁이라도 터지면 큰 역할을 한단 말이다."

고바야시 다로자에몬의 딸인 오쓰루お鶴는 화가 난다는 듯 열변을 토했다. 부인은 딸의 어머니이자 다로자에몬의 아내로 이름은 오세이お勢라고 했다. 그 말을 들은 이오리는 자신이 말을 좀 심하게 한 듯한 마음이 들었는지 눈치를 보며 말했다.

"아가씨, 화났어요?"

그러자 오쓰루와 오세이가 웃으면서 말했다.

"화가 난 건 아니지만 너 같은 우물 안 개구리가 너무 건방지게 말해서 그런 거야."

"죄송해요."

"가게엔 점장이나 일하는 사람들도 많고, 또 배가 닿으면 뱃사람과 짐꾼 들도 수시로 드나들 텐데 그런 건방진 소리를 했다가는 혼쭐이 날 게다."

"예."

"호호호. 건방진 줄만 알았더니 순진한 면도 있구나."

오쓰루는 이오리를 귀여운 애완동물처럼 취급했다.

마을을 돌아가자 비릿한 바다 냄새가 코를 찔렀다. 기시와다의 부둣가였다. 이 지방의 특산물을 실은 500척의 배가 그곳에 정박해 있었다.

"저 배로 돌아갈 거야."

오쓰루가 손으로 가리키며 이오리에게 가르쳐주면서 자랑하듯 말했다.

"저 배도 우리 배란다."

그때 근처 주막에서 그들을 발견한 서너 명의 사내들이 달려와서 인사를 했다. 고바야시 가게의 일꾼과 사공 들인 듯했다.

"오셨습니까?"

"기다리고 있었습니다."

"공교롭게도 화물이 많아서 자리는 넓지 않지만 저쪽에 준비를 해놓았으니 어서 그리로 가시지요."

그들이 앞장서서 안내한 곳으로 가 보니 뱃머리 근처에 장막을 치고 붉은 양탄자를 깐, 도저히 배 안이라고는 생각되지 않을 정도로 호화로운 방에 금과 은가루로 무늬를 놓은 술병과 진수성찬이 차려져 있었다.

4

그날 밤, 배가 무사히 사카이 항구에 닿자 부인과 딸은 배가 닿은 강어귀의 맞은편에 있는 큰 저택 안으로 들어갔다.

"어서 오십시오."

"일찍 오셨습니다."

"오늘도 날씨가 좋아서 다행입니다."

늙은 지배인부터 젊은 일꾼들까지 마중을 나와 있는 사람들을 지나 안으로 걸어 들어갔다.

"참, 지배인."

부인은 가게와 안쪽의 어간장지에서 늙은 지배인인 사베에佐兵衛를 돌아보며 말했다.

"저기 서 있는 애 말이야."

"예예, 같이 온 지저분한 아이 말씀입니까?"

"기시와다로 오는 도중에 만난 아이인데 똘똘해 보이니 가게에서 써보게."

"어쩐지 이상한 아이를 달고 오셨다고 생각했더니 길에서 만난 아이이군요."

"이가 있을지 모르니 누구 옷이라도 내주고 우물가로 데리고 가 일단 씻기고 나서 재우도록 해."

어간장지에는 긴 장막을 쳐놓았는데, 그 안쪽은 마치 무가의 저택처럼 안과 밖이 구별되어 있어서 지배인이라고 해도 허락 없이는 들어갈 수 없었다. 하물며 길에서 데리고 온 아이에 불과한 이오리는 그날 밤부터 가게의 한쪽 구석에서 지내게 되었는데, 그로부터 며칠이 지나도록 부인과 오쓰루의 얼굴을 볼 수가 없었다.

'뭐, 이런 집이 다 있어?'

이오리에겐 도움을 받아 고맙다기보다는 상가의 관습이 모두 불편하고 불만스러울 뿐이었다.

젊은 일꾼부터 지배인까지 자신을 견습생이라고 부르며 이걸 해라, 저걸 해라, 라고 개처럼 부려먹는다.

그러나 그들은 주인집 가족이나 손님에게는 머리가 땅에 닿도록 굽실거렸다. 또 그들은 자나 깨나 돈 이야기와 일 이야기만 하며 하루 종일 일에 쫓기고 있었다.

'정말 싫다. 도망칠까?'

이오리는 몇 번이나 그렇게 생각했다. 푸른 하늘이 그리웠다. 맨땅에서 자며 맡았던 풀냄새가 그리웠다.

5

'정말 싫다. 도망칠까?'

이런 생각이 드는 날이면 이오리는 마음을 수양하는 방법을 얘기해주던 스승인 무사시와 헤어진 곤노스케가 하염없이 그리워졌다. 그리고 얘기만 들었지 아직 실제로 만난 적도 없는 누나인 오쓰도 보고 싶었다.

하지만 그렇게 그리워하는 날이 있는가 하면 어린 소년의 마음속에는 이곳 센슈泉州의 사카이 항구가 지닌 화려한 문화와 이국적인 거리, 다채로운 선박, 그리고 그곳에 사는 사람들의 호사스런 생활에 호기심이 생기기도 했다.

'이런 세상도 있었구나.'

이오리는 진심으로 놀라면서 동경도 하고 꿈도 꾸고 의욕도 가지며 하루하루를 보내고 있었다.

"어이, 이오!"

계산대에서 늙은 지배인 사베에가 부르고 있었다. 이오리는 넓은 봉당과 창고를 비로 쓸고 있었다.

"이오!"

대답이 없자 사베에는 계산대에서 일어서서 옻칠을 한 것처럼 느티나무 목재가 검게 변한 상점 앞 마룻귀틀까지 나와서 호통을 쳤다.

"신출내기 견습생 주제에 왜 부르는데도 안 오는 것이냐!"

이오리는 뒤를 돌아보며 물었다.

"나요?"

"나요가 뭐야? 저라고 해야지."

"예."

"예가 아니라 예이라고 하는 거다. 허리를 더 낮추고."

"예이."

"넌 귀가 없느냐?"

"있어요."

"그럼, 왜 대답하지 않은 거야?"

"이오라고 불러서 제가 아닌 줄 알았어요. 내, 아니 제 이름은 이오리예요."

"이오리라니, 견습생의 이름답지 않아서 이오라고 부른 거다."

"그런가요?"

"지난번에도 내가 그러지 말라고 했는데 또 이상한 걸 가지고 와서 허리에 차고 있구나. 그 장작 같은 칼 말이다."

"예이."

"그런 걸 허리에 차고 있으면 안 된다. 상가의 머슴이 칼 같은 것을 차고 있다니. 바보 같은 놈."

"……."

"이리 내놔."

"……."

"왜 불만이냐?"

"이건 아버지의 유품이라 안 돼요."

"이놈, 내놓지 못할까!"

"저는 장사꾼 따위는 되지 않아도 돼요."

"장사꾼 따위라니? 이놈아, 장사꾼이 없으면 세상은 돌아가지 않아. 노부나가 공이 위대하다느니 다이코 님이 어떻다느니 해도 만약 장사꾼이 없었다면 아무것도 하지 못했을 게다. 또 외국

의 수많은 물건도 들여오지 못하고 말이다. 그중에서도 사카이 상인은 남만南蠻(옛날 중국 남방의 이민족을 일컫는 말), 루손ルソン(필리핀 북부의 섬), 푸저우福州(중국 푸젠성福建省의 성도), 아모이廈門(중국 푸젠성 아모이 만의 아모이 섬에 있는 항구도시) 등과 큰 무역을 하고 있단 말이다.”

“알고 있어요.”

“어떻게 알았는데?”

“마을을 보면 아야초綾町, 기누초絹町, 니시키초錦町 같은 곳엔 큰 포목전이 있고, 돈대에는 루손옥이라는 성 같은 별실이 있고, 해변에는 나야슈納屋衆라는 큰 부자들의 저택과 창고가 늘어서 있더라고요. 그걸 보면 마님이나 아가씨가 자랑을 늘어놓던 이 가게도 그리 대단한 게 아니더군요.”

“이놈이!”

사베에가 봉당으로 뛰어내리자 이오리는 빗자루를 내던지고 도망쳤다.

6

“어이, 그 꼬마 놈을 잡아라. 잡아!”

사베에가 처마 아래에서 소리쳤다.

"앗, 이오다."

강가에서 짐꾼들에게 일을 시키고 있던 가게 사람들이 이오리를 둘러싼 뒤 붙잡아서 가게 앞으로 끌고 왔다.

"정말 골칫거리구나. 욕을 하질 않나, 우릴 우습게 여기질 않나. 오늘은 혼 좀 내줘라."

사베에는 발을 닦고 계산대에 앉더니 바로 이렇게 덧붙였다.

"그리고 이오가 차고 있는 그 장작 같은 걸 빼앗아 이리 갖다 놓아라."

가게의 젊은 일꾼들은 우선 이오리의 허리에서 칼을 빼앗고는 손을 뒤로 묶어서 가게 앞에 잔뜩 쌓여 있는 짐짝 하나에 새끼 원숭이처럼 묶었다.

"여기서 사람들의 웃음거리가 되어봐."

그들은 그렇게 말하고 웃으면서 물러갔다.

이오리는 부끄러움을 가장 중요하게 여기고 있었고, 스승인 무사시나 곤노스케에게도 늘 부끄러움을 알라는 말을 들어왔었다. 그런데 사람들에게 이런 꼴을 보이게 되자 이오리는 피가 거꾸로 솟는 듯했다.

"풀어줘!"

이오리는 소리를 질렀다.

"다신 안 그럴게요."

사과도 했다.

그래도 용서해주지 않자 이번엔 욕을 하기 시작했다.

"바보, 멍청이 영감탱이. 이런 집에 있고 싶지 않으니 어서 밧줄을 풀고 칼을 돌려줘!"

그러자 사베에가 다시 나오더니 이오리의 입에 천을 둥글게 말아서 밀어 넣었다.

"시끄럽다."

이오리가 그의 손가락을 꽉 물고 늘어지자 사베에는 다시 젊은 일꾼들을 불러서 말했다.

"입을 틀어막아라."

이오리는 아무 소리도 낼 수 없었다. 길을 가는 사람들이 모두 그를 보며 지나갔다. 특히 이곳 강어귀와 도진마치의 강가는 배를 타는 나그네와 짐꾼, 행상을 하는 여자들의 왕래가 빈번한 곳이었다.

"으으으…… 으읍, 크윽."

이오리는 재갈이 물린 채 신음 소리를 내며 몸부림을 쳤다. 그리고 도리질을 치다가 이윽고 눈물을 뚝뚝 흘리기 시작했다.

그 옆에서 짐을 실은 말이 거침없이 오줌을 쌌다. 오줌 거품이 이오리 쪽으로 흘러왔다. 이오리는 속으로 칼도 차지 않고 건방진 소리도 하지 않을 테니 밧줄만 풀어주기를 바랐지만 그 호소조차 할 수 없었다.

그때였다.

이미 한여름에 가까운 뙤약볕 아래를 삿갓으로 햇볕을 가리면서 가느다란 지팡이를 들고 삼베옷을 짧게 걷어 올린 채 짐말 맞은편을 지나가는 여자가 있었다.

'……앗. 저 여자는?'

이오리의 눈이 당장이라도 튀어나올 것처럼 그녀의 하얀 옆얼굴에 꽂혔다. 가슴이 덜컹 내려앉았더니 온몸이 달아오르며 정신이 멍해지려는 찰나, 그 여인은 곁눈질도 하지 않고 가게 앞을 지나가 버렸다.

'누, 누나다. 오쓰 누나다!'

이오리는 목을 길게 빼고 오쓰의 뒷모습을 향해 절규했다. 아니, 그는 절규하며 그녀를 불러보았지만 그의 목소리는 그 누구에게도 들리지 않았다.

7

울고 난 뒤에는 목소리도 나오지 않는 법이다. 이오리는 그저 어깨를 들썩이며 흐느낄 뿐이었다.

이오리는 아무리 울부짖어도 목소리가 나오지 않게 입에 물린 재갈을 눈물로 적시며 생각했다.

'방금 지나간 사람은 오쓰 누나가 틀림없어! 누나를 만났는데

애기도 못하고……. 내가 여기 있는 것도 모르고 지나가 버렸어. 어디로 갔을까? 도대체 어디로…….'

머리가 혼란스럽고 가슴속에서는 울부짖고 있었지만 누구 한 사람 거들떠보는 이가 없었다. 가게 앞은 짐을 실은 배가 도착해서 한층 혼잡해졌고, 정오가 지난 거리는 더위와 먼지로 사람들의 걸음도 빨라졌다.

"어이, 할아범. 어쩌자고 이 아이를 새끼 곰 구경시키듯 이런 곳에 묶어놓은 겐가? 사람을 이리 무자비하게 다루다니, 부끄러운 줄 알게!"

주인인 고바야시 다로자에몬은 사카이의 가게에는 없었지만, 검은 마맛자국이 있어서 얼굴이 무서워 보이는 그의 사촌은 가게에 놀러 올 때면 늘 이오리에게 과자 같은 것을 주곤 하는 마음씨가 좋은 사람이었다. 지금도 그가 이오리의 모습을 보고 화를 내며 말했다.

"아무리 벌을 준다고 해도 길가에 어린아이를 이렇게 묶어두면 고바야시의 체면이 뭐가 되겠나! 당장 풀어주게."

"예예."

사베에는 사촌의 말에 굽실거리면서도 이오리가 말썽을 피운 일을 일일이 고자질했다.

"여기서 감당하기 힘들다면 우리 집에 데리고 가야겠군. 오늘 오세이 님과 오쓰루에게 말해보지."

그는 사베에의 말은 귀담아듣지도 않고 안으로 들어가 버렸다. 사베에는 이 일이 부인의 귀에 들어갈까 봐 두려움에 안절부절못하고 있었다. 그 때문인지 갑자기 이오리에게 친절하게 대해주었지만, 이오리는 밧줄을 풀어줘도 반나절 동안 울기만 했다.

대문을 닫아걸고 가게도 문을 닫은 해질녘, 사촌은 안에서 대접을 잘 받은 듯 술이 약간 취해서 기분 좋게 돌아가려다가 문득 봉당 구석에서 이오리를 발견하고 말했다.

"내가 너를 데려가겠다고 아무리 말해도 오세이 님과 오쓰루가 극구 싫다고 하는구나. 역시 널 아끼나 보다. 그러니 꾹 참고 견디거라. 그 대신 내일부턴 그런 일은 당하지 않게 한다는구나. ……어이, 대장. 알겠느냐? 하하하하."

그는 그렇게 말하고 이오리의 머리를 쓰다듬고 돌아갔다.

거짓말이 아니었다. 그의 말이 효과가 있었는지 다음 날부터 이오리는 가게에서 근처 서당에 다니며 공부하는 것이 허락되었다. 또 서당에 다니는 동안만 칼을 차는 것도 허용되었다. 더불어 사베에는 물론 다른 사람들도 그날 이후로는 그에게 못되게 굴지 않았다.

하지만 이오리는 그날부터 눈빛이 어쩐지 안정적이지 못했다. 가게에 있어도 길만 내다보고 있었고, 어쩌다가 마음속에 담아둔 사람을 닮은 듯한 여자가 지나가기라도 하면 깜짝 놀라 얼굴빛까지 변하는 것이었다. 그리고 때때로 밖으로 뛰어나가 멍하니 쳐다보기도 했다.

8월도 지나고 9월 초순이었다. 서당에서 돌아온 이오리가 아무 생각 없이 가게로 오다가 가게 앞에 우뚝 멈추고 말았다.

"어?"

그때도 그의 얼굴빛은 평소와 달리 심상치 않았다.

새 출발

1

마침 그날은 아침부터 요도 강淀川에서 회송된 것을 다시 모지가세키門ヶ関로 가는 배편에 싣기 위해 고바야시 다로자에몬의 가게와 강가 앞이 수많은 화물과 궤짝으로 북적북적한 상황이었다.

짐은 모두 부젠의 호소카와 가나 고쿠라 번으로 보낸다는 꼬리표가 붙어 있었는데, 대부분 호소카와 가의 가신들이 보내는 것이었다.

그런데 지금 밖에서 돌아온 이오리가 처마 아래에 서서 깜짝 놀란 이유는 넓은 봉당에서 처마 끝에 있는 걸상까지 자리를 잡고 앉아서 차를 마시거나 부채질을 하고 있는 수많은 나그네 차림의 무사들 사이에서 사사키 고지로의 얼굴을 얼핏 보았기 때문이다.

"여보게."

고지로는 궤짝에 걸터앉아 부채질을 하면서 계산대에 있는 사베에를 돌아보며 물었다.

"여기서 기다리기가 너무 더운데, 배는 아직 도착하지 않았는가?"

"아닙니다."

분주히 붓을 놀리며 운송장에 무언가를 쓰고 있던 사베에는 계산대 너머 강어귀를 가리키며 말했다.

"타고 가실 다쓰미 호巽號는 저기 도착해 있는데 짐을 쌓기 전에 손님들이 먼저 오셨기 때문에 뱃사람들에게 일러 지금 서둘러 앉을 자리를 마련하고 있는 참이라……."

"어차피 기다릴 바에는 강 위에서 기다리는 것이 훨씬 시원하지 않겠나? 어서 배에 올라 쉬고 싶네만……."

"예, 알겠습니다. 제가 다시 가서 재촉하고 올 터이니 잠시만 더 기다려주십시오."

사베에는 땀을 닦을 틈도 없다는 표정으로 정신없이 밖으로 뛰어나가다 처마 아래에 서 있는 이오리를 발견하고 야단치듯 말했다.

"이오가 아니냐. 이리 바쁜데 장승처럼 그런 곳에서 멍하니 뭐하고 있어? 손님들에게 보리차나 냉수라도 갖다 드려라."

"예이."

169

연메이의 검 권 上

이오리는 건성으로 대답하고 잽싸게 달려가더니 창고 옆 공터 어귀에 있는 물을 끓이는 곳에 와서 또 우두커니 바라보며 서 있었다.

그의 눈은 큰 봉당 안에 있는 사사키 고지로에게서 한시도 떨어지지 않았지만, 고지로는 그것을 전혀 알아차리지 못하는 듯했다.

호소카와를 섬기게 되면서 부젠 고쿠라에 거처를 정한 뒤로 그의 모습은 한층 관록이 붙은 듯 보였다. 얼마 안 되는 기간이지만 낭인 시절의 날카로운 눈빛도 침착하고 깊은 눈빛으로 바뀌었고, 원래 허여멀겋던 얼굴에는 살도 좀 붙었다. 또 혀라는 칼로 베듯이 남을 비웃거나 빈정거리던 말투도 사라진 듯했다. 그렇게 고지로는 중후한 풍채로 바뀌어 있었고, 그의 내면에서 길러진 검의 기품이라는 것도 마침내 그의 인격과 조화를 이루고 있는 것으로 보였다.

그 때문인지 지금도 그의 주위에 있는 무사들은 새로 온 사범인 그를 보고 모두 간류巖流 님 혹은 스승님이라 부르며 공손히 대하고 있었다.

고지로라는 이름을 버린 것은 아니지만 나이에 어울리지 않게 그가 맡고 있는 중요한 역할 때문인지 호소카와 가에 들어가고 나서는 이름도 간류라고 칭하고 있었다.

2

사베에는 땀을 닦으며 배에서 돌아와 말했다.

"오래 기다리셨습니다. 중앙 선실은 아직 정리가 되지 않아서 잠시 더 기다려야 하지만, 뱃머리 쪽에 앉으실 분들은 배에 오르셔도 됩니다."

뱃머리 쪽에 타는 최하급 무사와 젊은 무사들은 각자 짐과 행장을 챙기며 말했다.

"그럼, 먼저."

"간류 스승님, 저희 먼저 가겠습니다."

그들이 나가고 나자 가게에는 간류 사사키 고지로와 그 외 예닐곱 명이 남게 되었다.

"사도 님은 아직 보이질 않는군."

"이제 곧 도착하실 듯합니다."

남아 있는 자들은 모두 나이를 보나 옷차림을 보나 번의 요직에 있는 사람들인 듯했다.

이 호소카와 가의 가신 일행은 지난달 고쿠라를 출발해서 육로를 통해 교토에 들어간 후 3조 구루마초의 옛 한테이藩邸(제후의 저택, 일종의 관사)에 머무르며 그곳에서 병사한 유사이 공의 삼년상을 치르는 일과 생전에 유사이 공과 막역한 사이였던 귀족과 지인 들에 대한 인사, 고인의 서책과 유품을 정리하는 일 따위를 마무리하고 어제 요도 강의 배편으로 내려온 사람들이었다.

지금 이들은 지난 늦봄쯤에 고야 산에서 내려와 구도 산에 들렀다가 떠난 나가오카 사도를 이곳에서 머무르며 기다리고 있는 듯했다.

"저녁 해가 비치니 모두들 저기 안쪽으로 들어가서서 쉬시도록 하시지요."

사베에는 계산대로 돌아가서도 신경이 쓰이는지 연신 아부를 떨었다. 간류는 석양을 등지고 부채질을 하면서 말했다.

"파리 떼가 극성이군. 목이 마른데 아까 마신 뜨거운 보리차를 한 잔 더 마실 수 있겠나?"

"예, 예. 뜨거운 물은 더위만 더 키울 뿐이니 바로 찬 우물물을 길어오도록 하겠습니다."

"아니네. 도중에 찬물은 일체 마시지 않기로 했으니 뜨거운 물이면 되네."

"거기 누구 없느냐?"

사베에는 앉아서 목을 길게 빼고 물 끓이는 곳을 바라보며 소리쳤다.

"거기 있는 게 이오 아니냐? 뭘 하고 있어? 어서 간류 님께 뜨거운 물을 가져다 드리거라. 다른 분들께도."

그리고 사베에는 고개를 숙이고 운송장이니 뭐니 바쁘게 일을 하다 이오리가 대답하지 않은 것을 깨닫고 다시 한 번 소리를 지를 생각으로 고개를 들다 이오리가 쟁반에 대여섯 개의 찻잔을 얹고 조심조심 큰 봉당의 한쪽에서 들어오는 모습을 보고는 다시 고개를 숙이고 운송장을 쓰기 시작했다.

"뜨거운 물 가지고 왔습니다."

이오리가 무사들에게 물을 권하며 지나가자 괜찮다며 거절하는 무사도 있어서 그가 들고 있는 쟁반에는 아직 두 개의 잔에 뜨거운 물이 담겨 있었다.

"드십시오."

이오리는 마지막으로 간류 앞에 서서 쟁반을 내밀었다. 간류는 아직 이오리를 알아보지 못하고 무심히 손을 뻗었다.

3

"어?"

간류는 깜짝 놀라며 손을 뒤로 뺐다. 잡으려던 잔이 뜨거워서가 아니었다. 손이 잔에 닿기도 전에 쟁반을 들고 서 있던 이오리의 눈과 그의 눈이 불꽃을 튀기듯 마주쳤던 것이다.

"아니, 넌?"

간류가 놀라움을 나타낸 것과는 달리 이오리는 꾹 다물고 있던 입술을 조금 벌리면서 씨익 웃더니 느닷없이 물었다.

"아저씨, 지난번에 만났던 곳이 무사시노武蔵野 들판이었죠?"

"뭐야?"

간류가 저도 모르게 어른스럽지 못한 목소리로 소리치고는 무슨 말인가를 더 하려는 찰나였다.

"똑똑히 기억하겠지!"

이오리가 손에 들고 있던 쟁반과 그 위에 놓여 있던 뜨거운 물이 담긴 잔을 간류의 얼굴을 향해 냅다 던졌다.

"악!"

간류는 앉은 채 얼굴을 돌리고 바로 이오리의 손목을 잡았다.

"앗, 뜨거!"

간류가 한쪽 눈을 찡그리면서 벌떡 일어섰다. 잔과 쟁반이 그의 뒤편으로 날아가 봉당 구석에 있는 기둥에 부딪혀 깨지면서 뜨거운 물이 사람들의 얼굴과 가슴, 옷에까지 튀었다.

"쳇!"

"이놈이!"

심상치 않은 두 사람의 외침과 잔이 깨지는 소리에 그곳에 있는 사람들이 깜짝 놀란 순간, 이오리의 몸이 간류의 발아래로 내동댕이쳐졌다. 얻어맞은 새끼 고양이처럼 공중제비를 돌며.

이오리가 일어나려고 하자 간류는 이오리의 등을 사정없이 짓밟으며 소리쳤다.

"아무도 없느냐!"

간류는 한쪽 눈을 누르며 분노를 터뜨렸다.

"이놈이 이 집의 머슴이냐? 아이라 해도 용서할 수 없다. 지배인, 어서 이놈을 묶어라!"

기겁을 한 사베에가 뛰어 내려와서 제압할 틈도 없이 간류의 발아래 나동그라져 있던 이오리가 고함을 지르더니 허리에 차고 있던 칼을 빼들고 밑에서 간류의 팔꿈치를 향해 올려쳤다.

"아니, 이놈이!"

간류는 이오리의 몸을 공 차듯 큰 봉당으로 걸어차고 한 발짝 뒤로 물러났다.

"이런 못된 놈!"

사베에가 욕을 하며 이오리를 향해 덤벼든 순간 이오리는 벌떡 일어나서 미친 듯이 소리를 질렀다.

"어림없다!"

그리고 사베에의 손이 자신의 몸에 닿자 그것을 뿌리치고 "어디, 두고 보자! 이 나쁜 놈아!"라고 간류의 안면에 대고 욕설을 퍼붓고는 훌쩍 문밖으로 도망쳤다.

그러나 이오리는 처마 끝에서 얼마 가지도 못하고 앞으로 고꾸라졌다. 간류가 마침 봉당에 있던 저울추를 집어서 이오리의 다리를 향해 집어던졌기 때문이다.

사베에는 젊은 일꾼들과 함께 이오리의 두 팔을 꺾고 창고의 공터 옆에 있는 물 끓이는 곳으로 끌고 갔다. 간류가 그곳에서 젖은 옷과 어깨를 일행에게 닦게 하고 있었기 때문이다.

"당치도 않은 무례를 저지르고 말았습니다."

"뭐라고 사죄의 말씀을 드려야 할지……."

"부디 너그러이 용서를……."

사베에를 비롯한 가게의 젊은 일꾼들이 이오리를 그곳으로 끌고 와서 사죄했지만, 간류는 쳐다보지도 않고 일행이 물기를 짜서 건넨 수건으로 얼굴을 닦으며 태연한 척했다.

젊은 일꾼들에게 두 팔이 뒤로 꺾인 채 땅바닥에 얼굴을 문대고 있는 이오리는 그 짧은 동안에도 괴로워하며 소리쳤다.

"도망치지 않을 테니 이거 놔, 놔달라고! 나도 무사의 자식으로 각오를 하고 한 짓이다. 도망치지 않는다고!"

머리를 만지고 옷매무새까지 바로잡은 간류가 돌아보며 온화하게 말했다.

"풀어주게."

"예?"

사베에와 젊은 일꾼들이 의외라는 듯 간류의 관대한 얼굴을 쳐다보며 되물었다.

"풀어줘도 되겠습니까?"

그러자 간류는 못을 박듯이 이렇게 덧붙였다.

"하지만 무슨 짓을 저질러도 용서를 받을 수 있다는 생각을 갖게 하는 건 오히려 이 아이의 장래를 위해서도 좋지 않네."

"예."

"애초에 철부지 어린애가 한 짓. 내가 직접 손을 대지는 않겠지만, 자네들이 정 용서하지 못하고 본때를 보여주어야겠다면 저기 솥에서 끓는 물을 한 국자 떠서 머리에 부어주게. 생명에는 지장이 없을 테니."

"아…… 국자로 말입니까?"

"아니면 그냥 풀어줘도 되겠다고 생각한다면 그렇게 해도 되고."

"……"

서로 얼굴을 마주보며 주저하던 사베에와 젊은 일꾼들이 이윽고 입을 열었다.

"어찌 그냥 풀어줄 수 있겠습니까? 평소에도 버릇없이 굴던 녀석이라 당장 죽이신다고 해도 어쩔 수 없는데, 그 정도 벌로 용서해주실 수 있다면 고맙기 그지없는 일입니다. ……이놈아, 네 잘못이니 우릴 원망하지 마라."

그들은 이오리가 미쳐 날뛸 것이 뻔했기 때문에 밧줄을 가져와서 양손과 발을 묶는다고 한바탕 법석을 떨자 이오리는 그들의 손을 뿌리치며 소리쳤다.

"뭐 하는 짓이야!"

그리고 자세를 바로하고 앉아서 당당하게 말했다.

"각오하고 한 짓이라 도망치지 않겠다고 했잖아! 나는 저 무사에게 뜨거운 물을 끼얹을 이유가 있어서 끼얹은 거야. 그 보복으로 나한테 뜨거운 물을 끼얹겠다면 그렇게 해. 다른 사람이라면 사죄하겠지만, 난 사죄할 이유가 눈곱만큼도 없어. 무사의 자식이 이깟 일로 울 것 같아?"

"할 말 다 했느냐?"

사베에는 소매를 걷어붙이고 큰 솥에서 펄펄 끓고 있는 물을 국자 가득 퍼서 이오리의 머리 위로 천천히 가져갔다.

'……으음!'

이오리는 입을 꾹 다문 채 두 눈을 부릅뜨고 기다리고 있었다. 그때 어딘가에서 이오리에게 주의를 주는 사람이 있었다.

"눈을 감아라. 이오리, 눈을 감지 않으면 장님이 돼!"

5

'누구지?'

이오리는 목소리가 난 쪽을 돌아볼 여유도 없이 그 목소리가 시킨 대로 두 눈을 꼭 감았다. 그리고 머리에 부어질 뜨거운 물을 기다리면서, 아니 그러한 의식 자체를 떨쳐버리고, 언젠가 초암에서 무사시에게 들은 가이센快川 화상의 이야기를 떠올리고 있었다.

고슈甲州 무사들이 깊이 귀의歸依하고 있던 선승인 가이센은 오다와 도쿠가와의 연합군이 쳐들어와서 산문에 불을 지르자 불이 타오르는 누각 위에서 "마음을 비우면 불 또한 차갑다."라고 하며 불에 타 죽었다고 했다.

이오리는 눈을 감으면서 '국자의 뜨거운 물쯤이야.'라고 생각했지만, 이내 다시 '아, 그렇게 생각하는 것조차 안 돼.'라고 깨닫고 머릿속부터 온몸을 깨끗이 비우고 몸은 있되 미망도 번뇌도 없는 무아의 상태가 되려고 했다.

하지만 부질없는 짓이었다.

이오리는 그렇게 될 수 없었다. 차라리 이오리가 좀 더 나이를 먹었다면 혹시나 될 수 있었을지도 모른다. 아니면 좀 더, 좀 더 나이를 먹었다면 혹은 그 경지에 도달할 수 있었을지도 모른다. 그도 이미 꽤 철이 들었으니까.

'지금일까? ……지금일까?'

이마에서 흘러내리는 땀조차 뜨거운 물방울인가 싶었다. 그 찰나의 시간이 100년처럼 길게 느껴졌다. 이오리는 눈을 뜨고 싶어졌다.

그때 뒤에서 간류의 목소리가 들렸다.

"아아, 노공이시군요."

국자를 손에 들고 이오리의 머리 위에서 끓는 물을 부으려던 사베에와 주위의 젊은 일꾼들의 시선이 이오리에게 눈을 감으라고 주의를 준 사람 쪽으로 저도 모르게 향했다. 그리고 잠시 이오리에게 끓는 물을 부으려던 동작을 머뭇거리고 있었다.

"이게 대체 무슨 일이오?"

노공이라고 불린 인물이 길 건너편에서 걸어왔다. 젊은 종자인 누이노스케를 데리고 갈색의 무명옷과 여름이나 겨울이나 같은 옷을 입고 있는 것처럼 보이는 노바카마를 입고 유달리 땀을 많이 흘리는 듯한 얼굴을 한 나가오카 사도였다.

"이거 참, 난감한 광경을 보여드리게 되었습니다. 하하하하, 벌을 내리고 있던 참이었습니다."

간류는 번의 노신인 사도가 지금의 자신의 행동을 점잖지 못한 행동이라고 여기지 않을까 싶어서 웃음으로 얼버무렸다.

사도는 이오리의 얼굴을 물끄러미 바라보면서 말했다.

"흐음, 벌을 내리고 있었다……. 그럴 만한 까닭이 있다면 당연한 처사일 터. 자, 어서 해보시오. 나도 구경 좀 하고 싶군."

사베에는 끓는 물이 담긴 국자를 손에 쥔 채 간류의 얼굴을 흘끔흘끔 보았다. 간류는 상대가 어린아이인 만큼 자신의 입장이 불리해 보인다는 것을 이내 깨닫고 말했다.

"이제 됐네. 이것으로 저 아이도 반성을 했을 거야. 사베에, 국자를 치우게."

그러자 이오리는 아까부터 뜬 듯 감은 듯 공허한 눈빛으로 자신을 바라보고 있던 사람을 향해 애원하듯이 말했다.

"앗! 난 무사님을 알아요. 무사님은 시모우사의 도쿠간 사德願寺에 자주 말을 타고 오셨어요!"

"이오리, 나를 기억하겠느냐?"

"그럼요. 도쿠간 사에서 제게 과자를 주셨잖아요."

"그런데 네 스승인 무사시라는 이는 어떻게 된 거냐? 요즘엔 같이 다니지 않느냐?"

사도가 그렇게 묻자 이오리는 갑자기 코를 훌쩍거리면서 눈물을 뚝뚝 흘렸다.

6

사도가 이오리를 알고 있는 것은 간류에겐 뜻밖의 일이었다. 하지만 나가오카 사도가 자신이 호소카와 가를 섬기기 전부터 지금 자신이 맡고 있는 자리에 미야모토 무사시를 천거한 사람이며, 그 후에도 주군과 나눈 약속을 지키기 위해 기회가 있을 때마다 무사시의 행방을 수소문하고 있다는 얘기를 들었다.

'언젠가 이오리를 통해 무사시를 알게 된 걸까? 아니면 무사

시를 찾기 위해 이오리를 알게 됐을까? 어쨌든 그런 연고가 있었겠군.'

간류는 그렇게 추측했지만 굳이 사도에게 이오리를 어떻게 알게 되었는지 물어볼 마음은 들지 않았다. 그런 일로 사도와 무사시에 대해 이야기를 나누는 것이 달갑지 않았다.

하지만 달갑든 달갑지 않든 언젠가 한번은 무사시와 만날 날이 반드시 올 것이라 예상하고 그날이 오기만을 내심 기다리고 있었다. 그것은 또 자신과 무사시 사이의 지금까지의 내력이 왠지 모르게 그렇게 흘러왔을 뿐만 아니라 주군인 다다토시와 번의 노신인 나가오카 사도 역시 그런 날이 올 것을 예상하고 있는 듯했다. 아니, 그가 부젠의 고쿠라에 와서 보니 그런 기대감은 주고쿠와 규슈의 백성들은 물론 각 번의 무사들 사이에도 널리 퍼져 있는 것이 의외일 정도였다.

지역적인 관계도 있을 것이다. 무사시의 고향은 자신이 태어난 곳과 같은 주고쿠이고, 또 에도에서 생각하던 것 이상으로 무사시의 명성과 자신의 이름이 고향과 간사이 일대에서는 화제가 되고 있었던 것이다.

또 필연적으로 호소카와 가의 본번本藩과 지번支藩을 막론하고 무사시를 높이 평가하는 부류와 새로 온 간류 사사키 고지로를 더 낮게 보는 부류가 은연중에 대립하고 있었다. 그리고 그 한편에 간류를 호소카와 가에 천거한 같은 번의 이와마 가쿠베에가 있었다.

이러한 분위기는 세상의 검객들이 흥미를 갖게 된 것에서 비롯된 것이기도 하지만, 진짜 원인은 번의 노신인 이와마 파와 나가오카 파의 대립에서 빚어진 것이라고 보는 자들도 있었다.

어찌 됐든 간류가 사도에게 달갑지 않은 감정을 품고 있고, 사도 역시 간류에게 호의적이지 않은 것만은 명백했다.

"준비가 되었으니 중앙 선실에 계실 분도 이젠 배에 오르셔도 됩니다."

마침맞게 다쓰미 호에서 사공이 마중을 오자 간류는 어색했던 자리에서 일어서며 말했다.

"노공, 그럼 먼저 실례하겠습니다."

간류는 이렇게 말하고 다른 무사들과 함께 황망히 배가 있는 쪽으로 걸어갔다. 뒤에 남아 있던 사도가 사베에에게 물었다.

"출항은 해질녘인가?"

"예, 그렇습니다."

사베에는 아직 일이 다 매듭지어지지 않은 듯한 불안한 마음으로 가게 안의 큰 봉당에서 어슬렁거리다가 대답했다.

"그럼, 잠시 쉬었다 가도 늦지 않겠군."

"물론입니다. 차 한 잔 드릴까요?"

"국자로 말인가?"

"다, 당치도 않습니다."

사도의 비아냥에 사베에가 난감한 표정으로 머리를 긁적이고 있는데 가게와 안쪽 칸막이 사이에서 오쓰루가 얼굴을 내밀고 작은 목소리로 불렀다.

"사베에, 잠깐만……."

7

"가게 앞에서는 너무 실례가 될 것 같고, 시간도 얼마 걸리지 않을 테니 정원 문으로 안채의 다실까지 모시겠습니다."

사베에의 말에 사도가 물었다.

"그 말에는 따르겠네만, 날 만나고 싶다는 이가 이 집의 부인이신가?"

"인사를 여쭙고 싶다고 하셔서."

"무슨 인사 말인가?"

"아마도……."

사베에는 머리를 긁적이며 몸 둘 바를 모르겠다는 듯 말했다.

"이오리가 무사하게 되어 주인 나리를 대신해서 그 인사를 하시려는 듯합니다."

"흠, 이오리에게도 할 말이 있으니 이리 불러주게."

"알겠습니다."

사카이 상인의 다실이라는 말이 어울릴 정도로 정원은 가게 앞과는 달리 더위나 소음과는 무관한 흡사 별천지 같았다. 연못과 돌, 나무에는 물을 뿌려서 더위를 식혀놓았고, 졸졸졸 물이 흘러가는 소리가 귓가에 시원하게 들렸다.

오세이와 오쓰루가 다실 한 칸에 양탄자를 깔고 다과와 담배, 그리고 화로에 향료를 피워놓고 사도를 맞이했다.

"행색이 지저분한 것을 용서하시게."

사도가 자리에 앉아 차를 마시며 말하자 오세이가 고용인들의 지각없는 행동에 대해 사죄하고 이오리의 일에 대해서는 감사 인사를 했다.

"아니네. 그 아이는 예전에 본 적이 있는 아이일세. 내가 때를 잘 맞춰 온 것이 다행이었네. 그보다 이오리가 어떻게 이 집의 신세를 지게 되었는지 아직 이오리에게 듣지 못했네만……."

오세이가 야마토로 참배를 하러 가는 도중에 우연히 만난 이오리를 데리고 오게 된 연유를 말하자 사도는 이오리의 스승인 미야모토 무사시라는 이를 몇 년째 찾고 있는 중이라고 말했다.

"방금 전에 길 건너편에서 사람들 사이에 앉아 이오리가 끓는 물을 뒤집어쓰게 될 광경을 보았는데, 어린 나이에 걸맞지 않게 아주 대범하고 비굴하게 굴지 않는 모습에 속으로 감탄을 했네. 저런 기개를 지닌 아이를 상가에서 데리고 있다가는 오히려 성품이 비뚤어질지도 모르니 내게 주지 않겠나? 내가 고쿠라로 데리고 가서 손수 키워보고 싶네만."

사도가 이렇게 청하자 오세이와 오쓰루는 기꺼이 동의했다.

"바라던 바입니다."

그리고 바로 이오리를 불러오려고 자리에서 일어섰는데, 당사자인 이오리는 아까부터 근처의 나무 아래에 서서 그들이 주고받는 얘기들을 전부 듣고 있었던 모양이다.

"싫으냐?"

모두가 묻자 이오리는 꼭 고쿠라로 데려가 달라고 말했다.

배가 떠날 시간이 가까워지자 오쓰루는 사도가 잠시 차를 마시고 있는 동안 마치 자신의 동생이 여행이라도 떠나는 것처럼 옷가지와 삿갓, 각반 등을 준비하느라 분주히 움직였다. 이오리는 난생처음 하카마袴(일본 옷의 겉에 입는 주름 잡힌 하의)를 입고 신분이 높은 무가의 수행원이 되어 사도를 따라 배에 올랐다.

저녁놀이 물든 구름 아래, 검은 돛을 활짝 펼친 배가 물살을 가르며 부젠의 고쿠라로 출발했다.

이오리는 오쓰루와 오세이, 그리고 사베에를 비롯해 많은 사람들의 배웅을 받으며 사카이를 향해 삿갓을 흔들고 있었다.

무가 선생

1

오카자키岡崎의 어물전 골목.

이곳 한쪽의 공터 입구에 널빤지를 쳐서 만든 집을 보면 한 외로운 낭인의 생활을 엿볼 수 있는데, 그 앞에 걸린 간판에는 '동몽童蒙 도장, 읽기 쓰기 지도. 무가無可'라고 쓰여 있었다. 서당인 듯했다.

그런데 그 선생이라는 자가 직접 쓴 듯한 간판 글씨를 보면 글솜씨가 매우 형편없었다. 글을 읽을 줄 아는 자가 곁눈질로 보고 비웃으며 지나가지나 않을까 싶을 정도다. 하지만 무가 선생은 전혀 부끄러워하지 않았다. 누군가 물으면 자신도 아직 아이들과 함께 배우는 중이니까, 라고 대답한다고 한다.

공터의 막다른 곳은 대나무 숲이었다. 그 너머는 마장馬場이어서 날씨가 좋은 날이면 늘 먼지가 풀풀 날리곤 했다. 이른바

미카와三河 무사의 정예, 혼다 가의 무사들이 기마 훈련을 하는 장소였다.

그 때문인지 무가 선생은 항상 그쪽으로 난 밝은 처마에 일부러 발을 걸어놓은 탓에 그렇지 않아도 좁은 실내가 더 어두컴컴했다.

애초부터 혼자였던 그가 방금 낮잠에서 깬 듯 우물가에서 두레박 소리가 나는가 싶더니 갑자기 대나무 숲에서 우지끈 하고 큰 소리가 나며 대나무 하나가 풀썩 넘어갔다.

잠시 후 무가 선생은 통소로 만들기에는 너무 굵고 짧은 마디 하나를 잘라 숲에서 들고 나왔다.

그는 쥐색 두건에 민무늬의 회색 홑옷을 입고 허리에는 와키자시를 한 자루 차고 있었는데, 검소한 차림에 나이는 서른도 되어 보이지 않았다.

그는 방금 자른 대나무 마디를 우물가에서 씻은 다음 방 안으로 가지고 들어갔다. 그의 방에는 도코노마床の間(일본식 방의 윗자리로 바닥을 한 층 높게 만들어 꽃이나 장식물을 꾸며놓은 곳) 대용인 듯 판자 하나가 놓여 있었고 누가 그렸는지 모를 달마대사의 얼굴이 그 벽에 걸려 있었다.

그는 들고 온 대나무 마디를 선반 판자에 놓았다. 대나무 마디는 그대로 꽃병이 되었고, 그는 잡초가 뒤얽힌 메꽃을 거기에 꽂았다.

'나쁘지 않네.'

스스로도 만족한 듯 무가 선생은 책상 앞에 앉아서 습자를 하기 시작했다. 책상 위에는 저수량褚遂良의 해서楷書 교본과 다이시류大師流(헤이안 전기 진언종眞言宗의 개조인 고보 대사弘法大師를 원류로 하는 서도의 유파)의 탁본이 놓여 있었다.

"……."

이곳에서 산 지도 1년이 넘었다. 매일 연습을 게을리 하지 않은 탓인지 간판에 쓴 글씨보다 솜씨가 한결 좋아졌다.

"선생님."

"예."

그는 붓을 놓고 대답했다.

"옆집 아주머니군요. 오늘도 덥죠? 이리 들어오세요."

"아뇨, 들어갈 것까진 없고…… 그런데 방금 무슨 소리가 난 것 같은데, 뭐죠?"

"하하하, 제가 장난을 친 겁니다."

"애들을 가르치는 선생님이 장난을 치다니 곤란하네요."

"하하하."

"대체 뭘 하신 거예요?"

"대나무를 잘랐습니다."

"그렇다면 괜찮지만, 난 또 무슨 일이 있나 해서 가슴이 철렁했어요. 우리 집 양반이 하는 소리라 그리 믿을 건 못 되지만, 무

슨 일인지 낭인들이 자꾸 이 근방에서 서성거리는데 아무래도
선생님의 목숨을 노리고 있는 것 같다고 해서⋯⋯."

"염려 마십시오. 내 목숨 따위는 서 푼어치도 못 되니까요."

"그렇게 남의 얘기하듯 해도 자기도 모르는 원한 때문에 죽는
사람도 있으니 하여튼 조심하는 게 좋을 겝니다. 나는 상관없지
만 동네 아가씨들이 슬퍼할 테니 말이죠."

2

옆집에는 붓을 만드는 장인이 살고 있었다. 남편과 아내, 두
사람 모두 친절했는데 특히 아내는 혼자 사는 무가 선생을 위해
때로는 음식 만드는 법을 가르쳐주기도 하고 바느질과 빨래까
지 해주곤 했다.

그러나 그것까진 좋은데 가끔 무가 선생을 난처하게 만들 때
가 있었다. 그것은 좋은 신붓감이 있다며 그녀가 중매를 서는 일
이었다.

그녀는 매번 시집오고 싶어 하는 색시가 있다며 무가 선생을
난처하게 했다. 그러고는 무가 선생이 거절하면 "아니, 왜 색시
를 얻지 않는 거예요? 설마 여자를 싫어하는 건 아닐 테고⋯⋯."
라고 따지고 들면서 무가 선생이 할 말을 잃게 만들기가 일쑤

였다.

그러나 그것이 꼭 그녀만의 잘못이라고는 할 수 없는 것이 무가 선생 스스로가 "저는 반슈의 낭인인데 일가친척도 없고 단지 학문에 뜻을 두고 교토와 에도에서 공부를 한 후 이곳에서 좋은 서당을 짓고 정착할 생각입니다."라고 생각나는 대로 아무렇게나 말한 적이 있었기 때문에, 그 말을 듣고 옆집에 사는 부부가 나이도 적당하고 인품도 나무랄 데 없고 무엇보다 성실하고 얌전한 그에게 맞는 배필을 구해주겠다고 생각한 것도 무리는 아니었다. 또 가끔 집을 나서는 무가 선생의 모습을 보고 시집을 가고 싶다거나 딸을 주고 싶다며 옆집 부부에게 중매를 부탁하는 사람도 많았던 것이다.

그 외, 명절이나 기일과 같은 희로애락을 함께 나누며 바쁘게 살아가는 뒷골목에서 무가 선생은 혼자 외로이 살며 책상 너머의 세상을 바라보면서 세상에 대해 배우고 있는 듯했다.

그러나 시절이 시절인 만큼 이런 뒷골목 세상에는 무가 선생뿐만 아니라 어떤 사람이 살고 있는지 알 수 없었다.

얼마 전까지 오사카 야나기 마장의 뒷골목에 유무幽夢라는 이름의 머리를 박박 깎은 글 선생이 살고 있었는데, 도쿠가와 가에서 신원을 조사해보니 도사노카미土佐守 가의 조소카베 모리치카長宗我部盛親임이 밝혀져서 큰 소동이 일어났다. 그러나 주위 사람들이 그 사실을 알게 됐을 때는 하룻밤 사이에 그의 모습을 어디에서도 볼 수 없었다고 한다.

또 나고야의 네거리에서 점을 치고 있는 사내를 수상히 여기고 역시 도쿠가와 쪽 사람이 뒤를 캐보니 세키가하라의 잔당인 모리 가쓰나가毛利勝永 가의 가신 다케다 에이竹田永였다고 한다.

구도 산의 유키무라, 세상을 떠돌아다니는 당대의 호걸 고토 모토쓰구後藤基次 등과 같이 도쿠가와 가의 신경에 거슬리는 사람들은 모두 세상을 피해 사람들 눈에 띄지 않는 생활을 철칙으로 삼고 있었다.

물론 이런 거물들만이 세상을 피해 숨어사는 것은 아니었다. 미천하고 별 볼일 없는 사람들이 그 이상으로 널려 있는 것이 세상이었고, 그 거물과 별 볼일 없는 사람들이 서로 뒤섞여서 살아도 누가 누구인지 구별할 수 없는 것이 뒷골목 생활의 신비로움이었다.

무가 선생에 대해서도 누가 처음에 그런 말을 꺼냈는지는 모르지만 근래 들어 무가라고 부르지 않고 무사시라고 부르는 사람이 드문드문 나타나기 시작했다.

"저 젊은 분은 미야모토 무사시라고 하는데 무슨 사정이 있는지 잠시 서당을 하고 있지만 사실은 이치조 사 사가리마쓰에서 요시오카 일문을 격파한 검의 명인이셔."

누가 시킨 것도 아닌데 이렇게 나불대고 다니는 자도 있었다.

"에이, 설마."

"진짤까?"

요즘 들어 이웃사람들은 이런 의혹에 찬 시선으로 무가 선생을 바라보고 있었고, 이웃집 여자가 종종 그에게 주의를 주는 것은 가끔 정체를 모르는 어떤 자가 밤이 되면 뒤편 대나무 숲이나 공터 입구에서 은밀히 그를 감시하며 그의 목숨을 노리고 있었기 때문이다.

3

무가 선생은 그런 위험이 끊임없이 자신을 노리고 있다는 것을 신경 쓰지 않는다는 듯 오늘도 옆집 아낙에게 주의를 듣고도 밤이 되자 옆집 부부에게 잠시 집을 비운다고 말하고는 또 밖으로 나가고 말았다.

문을 열어놓은 채 저녁을 먹고 있던 두 사람은 그가 처마를 가로질러 갈 때 얼핏 그의 모습을 보았다.

쥐색의 민무늬 홑옷에 삿갓을 쓰고 나갈 때는 크고 작은 두 자루의 칼을 차고 있었지만, 오늘은 하카마도 입지 않고 그냥 평복 차림이었다. 거기에 가사를 입고 목에 괘락掛絡(선승들이 일할 때 목에 걸어 가슴에 드리우는 간편한 형태의 옷)이라도 걸면 영락없는 탁발승의 모습이었다.

붓집 아낙네는 혀를 차면서 중얼거렸다.

"저 선생은 대체 어딜 가는 걸까? 아이들 공부는 점심 전에 끝내고 오후에는 잠을 자고, 밤이 되면 박쥐처럼 나가니······."

남편이 웃으며 말했다.

"혼자 사니 어쩔 수 없지. 남의 밤마실까지 시샘하다가는 끝이 없네."

공터를 벗어나자 초저녁의 오카자키는 바람 한 점 없는 무더위가 가시기도 전에 여름밤의 등불이 일렁이며 사람들의 물결 속에서 피리 소리와 벌레들의 울음소리가 들려오고 있었고, 수박 장수나 초밥 장수 등의 손님을 부르는 소리나 밤 산책을 나온 유카타浴衣(목욕을 한 뒤 또는 여름철에 입는 무명 홑옷) 차림의 나그네 무리 등······ 에도와 같은 신개발지의 어수선함과는 사뭇 다른 변두리 마을의 차분한 풍경이었다.

"어머, 선생님이다."

"무가 선생님이시네."

"어딜 가시지?"

동네 아가씨들이 서로 눈짓을 하며 수군거렸다. 그중에는 인사를 하는 아가씨도 있었다. 그가 어딜 가는지는 그녀들에게도 궁금한 일이었다.

그러나 무가 선생은 앞만 보고 직진했다. 먼 왕조 시절부터 이 부근은 야하기矢矧의 기녀들이 유명했는데 지금도 그 분내가 이어져 오카자키 기녀들은 이곳의 명물로 불리지만, 그 네거리를 꺾어 들어가지도 않는다.

잠시 후 성시의 서쪽 끝에 다다르자 넓은 어둠 속에서 개울에 물방울이 떨어지는 소리가 들리며 더위도 일시에 가신 듯했다. 길이가 208간間(1간은 약 1.8미터)이라는 다리의 첫 번째 기둥에 야하기 다리라는 글자가 달빛을 받아 선명하게 보였다.

그때 약속이라도 한 듯 그곳에서 기다리고 있던 한 수척한 승려가 그에게 말을 걸었다.

"무사시?"

무가 선생은 가까이 다가가서 웃는 얼굴로 마주 보았다.

"그래, 마타하치구나."

그를 기다리고 있던 사람은 바로 혼이덴 마타하치本位田又八였다. 에도의 부교쇼奉行所(각 부처의 장관인 부교의 관청) 앞에서 와리다케割竹(끝을 잘게 쪼갠 대나무. 옛날에 야경꾼이 소리를 내면서 끌고 다니거나 죄인을 때릴 때 썼음)로 100대를 맞고 쫓겨난 그때 그 모습 그대로의 마타하치였다.

무가란 무사시의 가명이었다.

야하기 다리 위, 별빛 아래 마주 선 두 사람 사이에는 지난날의 원한 같은 것은 찾아볼 수 없었다.

"선사께선?"

무사시가 묻자 마타하치가 대답했다.

"아직 여행에서 돌아오시지도 않았고, 아무 소식도 없는 모양이야."

"오래 걸리시는군."

두 사람은 어깨를 나란히 하고 정답게 야하기 다리를 건너갔다.

4

맞은편 소나무 언덕에는 오래된 사찰이 있었는데 그 근처를 하치조 산八帖山이라고 부르기 때문인지 절 이름도 하치조 사八帖寺라고 불리고 있었다.

"마타하치, 어때? 선사禪寺 수행이라는 게 무척 고될 텐데."

그곳의 산문을 향해 어두운 언덕길을 올라가면서 무사시가 말했다.

"힘들어."

마타하치는 파르스름한 머리를 숙이고 솔직하게 대답했다.

"몇 번이나 도망치고 싶다는 생각도 했고, 이렇게 고생해야 사람이 될 수 있다면 차라리 목을 매 죽어버릴까 하는 생각까지 한 적도 있었어."

"넌 아직 입문이 허락된 제자가 아니라 수행도 걸음마 단계야."

"하지만 그 덕분에 요즘엔 약한 마음이 생기려고 하면 이래서는 안 되겠다고 스스로를 채찍질할 수 있게 됐어."

"그것만으로도 수행의 보람을 찾았다고 할 수 있겠지."

"괴로울 때면 항상 네 생각을 해. 너도 다 겪은 건데 나라고 못할 리가 없다고 말이야."

"그래. 나도 했는데 너라고 못할 리가 없어."

"그리고 이미 죽었어야 할 목숨을 다쿠안 스님이 구해주셨다고 생각하고, 또 에도 부교쇼에서 매를 맞았을 때의 고통을 생각하면서 아침저녁으로 수행의 고통과 싸우고 있어."

"간난신고艱難辛苦를 이겨낸 뒤에는 그 이상의 기쁨이 있게 마련이야. 인간은 살아가면서 아침저녁으로 끊임없이 고통과 쾌락이라는 두 개의 물결을 만나게 되어 있어. 그 어느 한쪽에만 집착해서 안한安閑만을 구한다면 인생도 없고 살아갈 의미도 없을 거야."

"조금씩 깨닫고 있어."

"하품만 하더라도 고통 속에 매몰되어 있는 인간의 하품과 나태한 인간의 하품은 전혀 달라. 수많은 인간 중에는 이 세상에 태어났으면서도 진정한 하품의 맛조차 모르고 벌레처럼 죽어가는 사람이 너무 많아."

"절에 있으니 주위 사람들에게 여러 이야기를 듣게 되는데 그게 즐거워."

"어서 선사를 만나서 네 신변을 부탁하고 싶어. 나도 어떤 길에 대해서 선사께 묻고 싶은 게 있고…….”

“대체 언제 돌아오실까? 1년이나 소식도 없다던데.”

“선가에서는 1년은커녕 2년이고 3년이고 흰 구름처럼 거처조차 알 수 없을 때가 다반사야. 좌우지간 이곳에 머무르게 되었으니 4년이고 5년이고 끝까지 기다리겠다는 각오를 해.”

“그동안 너도 여기 오카자키에 있어줄 거지?”

“그럼. 뒷골목에 살면서 세상 밑바닥의 잡다한 생활을 경험해보는 것도 수행 중 하나야. 하릴없이 스님께서 돌아오시기만을 기다리고 있는 건 아니야. 나도 수행을 한다는 생각으로 그곳에서 살고 있으니까.”

산문이라고 해도 단청丹靑을 하지 않고 그저 이엉을 이어붙인 문이었고 본당도 초라한 절이었다. 마타하치는 부엌 옆에 있는 오두막으로 친구를 데리고 들어갔다.

아직 그는 정식으로 이 절에 입적하지 못했기 때문에 선사가 돌아올 때까지 그곳에서 생활하고 있었다.

무사시는 가끔 마타하치를 보러 이곳에 와서 밤이 깊도록 이야기를 나누고 돌아가곤 했다. 물론 두 사람이 옛 우정을 되찾고 마타하치도 모든 것을 버리고 지금처럼 되기까지는 그가 에도를 떠난 후의 이야기가 남아 있기는 했다.

무위의 껍질

1

이야기는 예전으로 돌아간다.

지난해, 쇼군의 사범직 임용이 모략에 의해 차단되고, 덴소伝奏(상주上奏를 전하여 아뢰는 직책)의 저택에 있던 6폭 병풍에 일필휘지로 무사시노 들판을 그려놓은 채 에도 땅을 떠난 무사시는 그 후 어떤 길을 걸었을까?

산봉우리에 떠도는 흰 구름처럼 때로는 홀연히 나타났다가, 때로는 표연히 모습을 감춘 무사시의 족적은 최근에 들어서 특히 일정하지가 않았다.

그의 발길에는 뚜렷한 목적과 일정한 법칙이 있는 것 같으면서도 또 한편으로는 없는 것 같기도 했다. 무사시는 오직 한 길을 향해 한눈을 팔지 않고 걸어가고 있는 듯 보였지만, 옆에서 바라보면 자유무애自由無碍하게 자신의 마음이 향하는 대로 길을 가거나 머무는 것처럼 보였다.

무사시노의 서쪽 근교인 사가미 강相模川의 끄트머리까지 가면 아쓰기厚木 역참에서 오야마大山, 단자와丹沢 등의 산줄기가 한눈에 들어오는데 거기서부터는 무사시가 한동안 어디서 무엇을 하며 지냈는지 알 수가 없었다.

무사시는 약 두 달 만에 말 그대로 봉두구면蓬頭垢面(산발한 머리와 때에 전 얼굴)의 몰골로 산에서 마을로 내려왔다. 뭔지는 모르나 한 가지 미혹을 떨쳐내기 위해 산에 틀어박힌 듯했지만, 겨울 산의 눈에 쫓겨 내려온 그의 얼굴에는 산에 들어가기 전보다 더 괴로운 번뇌가 새겨져 있었다.

떨쳐내지 못한 무언가가 그의 마음을 아프게 했다. 하나를 떨쳐내면 또 다른 미혹에 봉착했다.

"틀렸어."

그는 때때로 탄식을 하며 자신을 포기할 때조차 있었다.

'차라리……'

남들과 같은 안일한 생활을 상상해보기도 했다.

'오쓰는?'

문득 오쓰의 모습이 떠올랐다. 오쓰와 함께 안일한 생활을 즐길 마음만 먹는다면 당장이라도 그럴 수 있을 것 같은 생각이 들었다.

또 단순히 먹고살기 위해 100석이나 200석의 녹을 받는 일

자리를 찾고자 한다면 그 또한 언제든지 가능할 것 같은 생각도 들었다.

그러나 생각을 달리 해서 그것으로 충분하겠느냐고 자문해보면 그는 결코 그런 평생의 약속을 감수할 자신이 없었다.

'못난 놈! 뭘 그리 방황해?'

무사시는 자신을 향해 욕을 하고 오르지 못할 봉우리를 올려다보며 괴로움에 몸부림을 쳤다. 때로는 아귀처럼 번뇌 속에서 비열하고 천박하게 몸부림을 쳤고, 또 때로는 청아한 봉우리의 달처럼 홀로 고독을 즐기기도 했다. 그의 마음은 아침저녁으로 탁해졌다가 다시 맑아지고, 맑아졌다가는 다시 탁해졌다. 그의 젊은 피는 너무나 다정했고, 너무나 다한多恨했고, 또 너무 들떠 있었다.

그런 마음속의 불분명한 망상처럼 그의 검도 아직 자신이 생각하는 경지에는 이르지 못하고 있었다. 무사시가 그 멀기만 한 길과 자신의 미숙함을 너무나 잘 알고 있었기 때문에 이따금 번뇌와 고민이 격렬하게 엄습해오는 것이었다.

산에 들어와 마음이 맑아질수록 그는 번잡한 도시가 그립고 여자가 떠올라 피가 거꾸로 솟는 것 같았다. 나무 열매를 먹고 폭포수를 맞으며 아무리 육신을 괴롭혀도 꿈에서 오쓰를 만날 때면 가위에 눌리곤 했다.

그렇게 두 달 만에 무사시는 산에서 내려오고 말았다. 그리고

후지사와藤沢의 유교 사遊行寺에 며칠 머무른 뒤 가마쿠라로 왔
는데 그곳의 절에서 뜻하지 않게 자신보다 더 괴로움에 몸부림
치는 사내를 만났다. 그가 바로 옛 친구인 마타하치였다.

2

마타하치는 에도에서 쫓겨난 뒤 가마쿠라에 와 있었다. 가마
쿠라에는 절이 많다고 들었기 때문이다.

마타하치 역시 다른 의미로 고뇌하고 있던 참이었다. 그는 다
시는 자신이 걸어온 방탕하고 나태한 생활로 돌아가고 싶지 않
았다.

무사시가 마타하치에게 말했다.

"늦지 않았어. 이제부터라도 스스로를 단련해서 세상에 나가
면 되잖아. 자기가 자신을 안 된다고 한계를 지어버리면 이미 인
생은 거기까지인 것이나 다름없어."

무사시는 이렇게 격려하면서 덧붙였다.

"하지만 이렇게 말하는 나 자신도 실은 지금 벽에 부딪힌 것처
럼 '난 안 되나 봐.'라고 스스로를 의심하며 허무함에 사로잡혀
서 뭔가를 하겠다는 마음이 생기질 않아. 나는 이런 무위無爲의
병에 2, 3년에 한 번씩 걸리곤 하는데 그때마다 안 된다고 체념

하는 나 자신을 채찍질해서 무위의 껍질을 깨고 밖으로 나오면 다시금 새로운 길이 열리곤 했어. 그러면 그 하나의 길을 향해 매진하지. 그리고 다시 3, 4년이 지나면 막다른 벽에 부딪혀서 또 무위의 병에 걸리고…….”

무사시는 이처럼 솔직하게 자신의 마음을 털어놓고 마타하치를 보며 말했다.

“그런데 이번 무위의 병은 좀 심한 것 같아. 뭘 해도 타개할 수가 없어. 껍질 속과 껍질 밖의 어두운 경계에서 발버둥치고 있는 무위의 날들이 계속되는 괴로움……. 그러다 문득 한 분이 떠올랐어. 그분의 힘을 빌리는 수밖에 다른 도리가 없다고. 실은 산을 내려와서 여기 가마쿠라에 온 것도 그분의 소식을 알기 위해서야.”

무사시가 말한 사람은 그가 열아홉인가 스무 살 때쯤, 무턱대고 길을 구하며 방황하던 시절에 교토의 묘신 사妙心寺 선실禪室에 자주 드나들곤 했는데, 그때 깨우침을 얻은 묘신 사의 주지인 구도 화상, 다른 이름으로는 도쇼쿠東寔 선사였다.

이야기를 듣더니 마타하치가 말했다.

“그런 화상이라면 나도 꼭 좀 소개시켜줘. 그리고 날 제자로 삼도록 부탁도 드려보고.”

처음에는 무사시도 그의 마음이 진심인지 의심했지만, 그가 에도를 떠난 이후 겪은 고생에 대해 듣자 그럴 수 있겠다고 이해할 수 있었다.

　무사시는 반드시 제자로 받아달라고 부탁해보겠다고 약속한 뒤 가마쿠라의 선문禪門을 찾아다녔지만 아무도 구도 화상의 소식을 아는 사람이 없었다. 왜냐하면 구도 화상은 몇 년 전에 묘신 사를 떠난 뒤 아즈마노쿠니東國에서 오우奧羽 부근을 여행하고 있다는 이야기를 들었지만, 정처 없이 떠도는 몸이어서 어떨 때는 고미즈노오御水尾 왕의 어전에 초대받아 선禪을 강연하는가 싶으면, 또 어떤 때는 제자를 한 명도 거느리지 않고 인가도 없는 산속을 걷다가 해가 져서 굶기를 밥 먹듯이 하는 사람이었기 때문이다.

　"오카자키에 있는 하치조 사에 가서 물어보시오. 그곳에 종종 들르시니까요."

　어떤 절에서 이런 말을 듣고 무사시와 마타하치는 오카자키에 왔지만 구도 화상은 역시 없었다. 하지만 재작년에 갑자기 나타나서 미치노쿠陸奧에서 돌아올 때 다시 들르겠다는 말씀을 하신 것 같다는 말에 몇 년이 걸리든 돌아올 때까지 기다리겠다며 무사시는 마을에 임시 거처를 마련하고 마타하치는 절의 부엌에 딸린 오두막을 빌려서 벌써 반년 넘게 구도 화상이 나타날 날만을 기다리고 있었던 것이다.

3

"방 안에 모기가 많아서……."

마타하치는 모기향 때문에 눈이 매워 견디기 어려운지 무사시에게 말했다.

"밖으로 나갈까? 밖에도 모기는 있지만 조금은……."

이렇게 말하는 동안에도 마타하치는 연신 눈을 비볐다.

"응, 어디든 상관없어."

무사시가 먼저 나갔다. 무사시는 이렇게 마타하치를 만날 때마다 조금이라도 그의 마음을 편하게 해주려고 했다.

"본당 앞으로 가자."

한밤중이어서 그곳에는 아무도 없었다. 대문은 닫혀 있었고, 바람도 잘 통했다.

"싯포 사七宝寺 생각이 나는군."

발을 계단으로 뻗고 툇마루에 앉으면서 마타하치가 중얼거렸다. 두 사람이 만날 때면 무슨 얘기를 하든, 하다못해 나무열매나 풀 이야기를 하더라도 이내 고향에서의 추억 이야기가 화제에 올랐다.

"흐음."

무사시도 같은 추억에 잠겼다. 하지만 늘 그렇듯 두 사람은 그 이후로 아무 말도 없이 자신의 마음을 표현하지 않았다.

고향 얘기가 나오면 두 사람의 머릿속에는 자연스럽게 오쓰가 떠올랐다. 또 마타하치의 어머니와 수많은 괴로운 기억들이 떠올라 둘의 우정을 뒤흔들기 시작했다.

마타하치도 지금은 그것이 두려운 듯했다. 무사시도 일부러 그런 이야기를 피하고 있었다. 하지만 오늘 밤 마타하치는 그 이야기를 하고 싶어 하는 표정이었다.

"싯포 사가 있는 산은 여기보다 높았었지. 산기슭에는 야하기 강과 똑같이 요시노 강吉野川이 흐르고 있었고. 하지만 여기엔 천 년 묵은 삼나무가 없어."

마타하치는 그렇게 말하면서 무사시의 옆얼굴을 바라보고 있다가 갑자기 이런 말을 했다.

"무사시, 언젠가는 너한테 부탁할 생각이었지만 차마 입이 떨어지지 않아서 말을 못했는데, 너한테 꼭 허락받고 싶은 게 있어. 들어줄래?"

"나한테? 뭔데? ……말해봐."

"오쓰 말인데."

"응."

"오쓰를……."

제대로 말도 꺼내기 전에 감정이 먼저 혀를 휘감아버린다. 그리고 눈에서는 당장이라도 눈물이 쏟아질 것 같았다. 무사시의 안색도 변했다. 서로 민감하게 생각하며 조심하던 문제를 마타하치가 갑자기 입 밖에 꺼내자 무슨 의도로 그러는지 가늠이 되지 않았기 때문이다.

"너랑 나는 한마음이 되어 이렇게 밤늦도록 이야기를 주고받고 있지만 오쓰는 지금쯤 어떻게 됐을까? 아니, 앞으로 어떻게 될까? 요즘 가끔씩 생각날 때마다 마음속으로 미안하다고 사과하고 있어."

"……."

"난 정말 오랫동안 오쓰를 너무 많이 괴롭혔어. 한때는 악착같이 뒤를 쫓아다녔고, 에도에서는 한 집에 같이 있었던 적도 있었는데, 나한테는 절대로 마음을 열지 않더군. 생각해보면 세키가하라 전투에 나간 뒤로 오쓰는 나라는 가지에서 땅으로 떨어진 꽃이었어. 지금의 오쓰는 다른 땅에서 다른 가지에 피어 있는 꽃이야."

"……."

"야, 다케조武蔵. 아니, 무사시. ……부탁이니까 오쓰를 아내로 맞이해줘. 오쓰를 구해줄 사람은 너밖에 없어. 예전의 나 같으면 절대로 이런 말을 입에 담지 않았겠지만, 나는 지금까지의 잘못을 사문沙門의 제자가 되어 속죄하며 살 생각이야. 이제는 깨끗이 단념했어. 하지만 여전히 걱정되는 건 어쩔 수 없나 봐. 부탁이니까 오쓰를 찾아서 그녀의 바람을 이뤄줘."

밤도 이슥한 새벽 3시 무렵, 하치조 사 산문에서 솔바람 소리가 들리는 어둠 속 산기슭을 내려가는 무사시의 모습이 보였다.

자신이 말한 무위와 공허의 번뇌가 발목을 휘감고 있는 듯 그는 팔짱을 끼고 얼굴을 숙인 채 걸음을 옮기고 있었다. 방금 본당에서 헤어진 마타하치가 한 말은 솔바람에 씻겨도 귓전에서 떠나지 않았다.

"부탁이니까 오쓰를……."

마타하치의 목소리와 얼굴은 진심이었다. 그가 그 말을 꺼내기까지 얼마나 많은 밤을 고민하고 괴로워했을지는 충분히 짐작하고도 남았다. 하지만 자신에게는 그보다 더한 괴로움과 고뇌가 있다는 것을 부인할 수가 없었다.

"부탁할게!"

두 손만 모으지 않았지 그렇게 말한 마타하치는 그때까지 자신을 괴롭히던 번뇌의 불꽃에서 벗어나 오히려 해탈한 듯 슬픔과 법열, 두 개의 감정 속에서 새로 태어난 아이처럼 지금은 다른 삶의 보람을 찾고 있는 심정일 터였다.

무사시는 마타하치가 자신을 바라보면서 그 말을 했을 때 그렇게 할 수 없다고 딱 잘라 말하지 못했다.

"오쓰를 아내로 맞이할 생각은 없어. 예전에는 네 약혼자였어. 너야말로 참회와 진심을 다해 오쓰와의 인연을 다시 찾도록 해봐!"

이렇게는 더더욱 말할 수 없었다.

그럼 뭐라고 말했나. 무사시는 끝내 아무 말도 할 수 없었다. 무슨 말을 해도 결국 자신이 하는 말은 거짓말이 될 것이기 때문이었다. 그렇다고 해서 가슴속 깊은 곳의 진심도 말하지 못했다. 그에 비하면 오늘 밤의 마타하치는 필사적이었다.

"오쓰 문제부터 해결해놓지 않으면 사문의 제자가 되어도, 다른 수행을 한다 해도, 그 모든 것이 허사가 될 테니까 말이야."

마타하치는 이렇게 말하더니 또 이런 말도 했다.

"네가 나한테 수련을 하라고 권했잖아? 그 정도로 날 친구로 생각해준다면 오쓰도 구해줘. 그것이 날 구해주는 것도 되니까."

마타하치는 결국 엉엉 울면서 싯포 사 시절의 어린 친구였던 때의 말투로 말했다. 무사시는 그의 그런 모습을 보고 마음속으로 감동을 받았다.

'네다섯 살 무렵부터 봐온 것 같은데 이렇게 순정적인 남자인 줄은 몰랐구나. 아, 그에 비하면 난 얼마나 추하고 한심한가.'

무사시는 부끄러운 마음을 지닌 채 마타하치와 헤어졌다. 헤어질 때 마타하치가 옷자락을 붙잡고 마지막인 듯 재차 말하자 무사시는 비로소 이렇게 말했다.

"생각해볼게."

그럼에도 마타하치가 계속해서 대답을 재촉하자 무사시는 어쩔 수 없이 말했다.

"생각할 시간을 줘."

무사시는 그 자리를 모면하기 위해 그렇게 말하고 산문을 나왔다.

'비겁한 놈!'

무사시는 자신을 욕하면서 무위의 어둠 속에서 벗어나지 못하고 있는 자신을 측은하게 바라보았다.

5

무위의 괴로움은 무위에 몸부림치는 사람이 아니면 알 수 없다. 안락은 모든 사람이 원하는 바이지만, 안락안심安樂安心의 경지와는 크게 다르다.

무언가를 하려 해도 아무것도 할 수가 없다. 피투성이가 되도록 몸부림치면서도 머리와 눈빛에 공허함이 가득한 심정이다. 병인가 싶은데 몸에는 아무런 이상이 없다. 머리가 벽에 부딪혀서 물러서려고 해도 물러설 수 없고, 앞으로 나아가려고 해도 나아갈 수 없다. 옴짝달싹할 수 없는 공간에 꽁꽁 묶여 어찌할 수 없는 심정으로 마침내는 자신을 의심하고 경멸하며 눈물을 흘리고 만다.

'한심한 놈!'

무사시는 화도 내보고 반성도 해보았지만 도저히 어쩔 수가 없었다. 무사시노에서 이오리를 버리고, 곤노스케와도 헤어지고, 또 에도에 있는 모든 지기들과도 깨끗하게 작별하고 바람과 같이 떠난 것도 어렴풋이나마 이 증상의 전조를 느끼고 있었기 때문이다.

'이대로는 안 돼.'

무사시는 이내 그 껍질을 깨부수고 밖으로 나온 줄 알았다. 그렇게 반년이 넘는 세월이 지나고 문득 정신을 차려보니 깨부순 줄 알았던 껍질이 여전히 공허한 자신을 감싸고 있었다. 모든 신념을 상실하고 빈 매미 허물을 닮은 자신의 그림자가 오늘 밤에도 어두운 바람 속을 걸어가고 있었다.

오쓰 문제.

마타하치가 한 말.

그런 것조차 지금의 그에겐 해결할 수 없는 것이었다. 생각하고 또 생각해봐도 정리되지 않는 것이었다.

야하기 강이 눈앞에 넓게 펼쳐졌다. 여기까지 오자 주위가 새벽녘처럼 희끄무레해졌다. 그때 "탕!" 하는 소리와 함께 강바람이 삿갓 끝을 세차게 스치고 지나갔다. 무사시의 몸에서 불과 다섯 자도 떨어지지 않은 공간을 꿰뚫고 지나갔지만, 무사시의 그림자는 그보다 빨랐다고 생각될 정도로 그 주변에선 이미 볼 수 없었다.

총소리가 분명했다. 멀리서 화력이 상당히 센 화약으로 쏘았다는 것은 총을 쏜 소리와 총알이 날아가는 소리 사이에 숨을 두 번 쉴 만큼의 시간밖에 없었다는 것에서도 알 수 있었다.

무사시는 야하기 다리 난간으로 재빨리 뛰어가서 박쥐처럼 몸을 바짝 웅크리고 있었다.

"……?"

붓을 만드는 옆집 부부가 늘 걱정하며 일러주던 말이 떠올랐다. 그러나 무사시는 이곳 오카자키에 자신을 적대시하는 사람이 있다는 것조차 이상했다. 어떤 자인지 도저히 감이 잡히지 않았다.

'그래, 오늘 밤엔 누군지 꼭 확인하고야 말겠어.'

무사시는 몸을 다리 난간에 바짝 붙인 순간 그렇게 생각했다. 그래서 꼼짝하지 않고 가만히 있었다.

시간이 꽤 지났다. 이윽고 두세 명의 사내가 하치조 언덕 쪽에서 바람처럼 달려왔다. 그러고는 아나나 다를까 무사시가 방금 전까지 서 있던 곳을 주변까지 초조하게 둘러보는 모습이었다.

"어디 갔지?"

"보이지 않는데?"

"다리에서 좀 더 가까운 쪽이 아니었나?"

그들은 자신들이 저격한 표적이 이미 시체가 되어 쓰러졌을 것이라고 생각하고 화승도 내던져버린 채 총포만을 들고 달려온 듯했다.

　놋쇠로 만든 총신이 반짝반짝 빛나고 있었다. 전장에 갖고 나가도 손색이 없을 정도로 훌륭한 총이었다. 총포를 든 사내와 다른 두 명의 무사는 모두 검은 옷을 입고 검은 두건으로 얼굴을 가린 채 눈만 드러내놓고 있었다.

구도

1

'누구지?'

무사시는 그곳에 나타난 두세 명의 사내가 누군지 짐작이 가지 않았지만 언제라도 자신의 목숨을 노리는 적을 맞아 싸울 준비는 되어 있었다.

무사시뿐 아니라 지금과 같은 시대를 살아가는 사람이라면 누구나 평소에 그런 조심은 하고 있었다. 아직은 살벌하고 무질서한 난세의 광풍이 완전히 잦아들었다고는 할 수 없었다. 사람들은 모반과 모략 속에서 살아가고 있었기 때문에 지나치게 조심했고 의심이 깊었다. 심지어 아내에게조차 마음을 놓지 못했고, 육친 간에도 서로를 물고 뜯는 세태는 여전히 사람들 사이에 남아 있었다.

하물며 이제까지 무사시의 칼 아래 쓰러진 자나 혹은 그에게

214

미야모토 무사시 9

패하여 세상에서 몸을 숨긴 자들은 헤아릴 수 없을 정도로 많았다. 그들의 일문과 가족까지 합친다면 그 수가 얼마나 되는지 짐작조차 할 수 없었다.

정당한 결투, 또는 무사시에게는 아무 잘못이 없는 경우였다고 해도 목숨을 잃은 쪽에서 보면 무사시는 어디까지나 원수일 수밖에 없었다. 이를테면 마타하치의 어머니와 같은 이가 그 좋은 예라고 할 수 있었다.

그렇기에 이런 시대에 무사의 길을 택한 자에게는 끊임없이 생명의 위험이 뒤따랐다. 하나의 위험을 베어버리면 그것이 또다시 위험을 낳고 적을 만들었다. 그러나 수련을 하는 자에게 있어 위험은 자신의 실력을 단련할 수 있는 다시없는 기회였고, 적은 훌륭한 스승이라고도 할 수 있었다.

잠든 사이에도 방심할 수 없는 위험을 통해 단련하고, 끊임없이 목숨을 노리는 적을 스승으로 삼고, 더불어 검의 길은 사람을 살리고 세상도 다스리며 자신조차 보리菩提의 평온함에 이르게 해서 영원히 살 수 있는 기쁨을 세상 사람들과 함께 나누려 한다는 바람에 지나지 않는 것이다.

그런 지난한 길을 걷다가 때로는 지치고 허무함에 사로잡혀 무위에 안주하고 있을 때 목숨을 노리고 있던 적이 돌연 그 모습을 드러낸 듯했다.

무사시는 야하기 다리의 난간에 몸을 바짝 붙인 채 웅크리고 있었는데, 그 순간 그는 근래 빠져 있던 나태함과 망설임이 온몸의 구멍을 통해 흔적도 없이 빠져나가는 것을 느꼈다.

발가벗은 채 눈앞의 위험에 노출된 깨끗한 생명이었다.

"……응?"

무사시는 일부러 적을 유인해서 적이 누구인지를 확인하려고 숨을 죽이고 있었다. 적들은 당연히 쓰러져 있을 줄 알았던 무사시의 시체가 보이지 않자 퍼뜩 깨달은 듯 그늘 속으로 몸을 숨긴 채 인적이 없는 길과 다리 기슭을 오히려 불안해하며 살피고 있는 듯했다.

그런 그들의 행동에 무사시가 의문을 품은 것은 그들의 행동이 무서울 정도로 민첩하다는 것과 검은 복장이긴 하지만 허리에 찬 칼의 장식이며 각반 등이 단순한 떠돌이 무사이거나 도적으로는 보이지 않았기 때문이다.

근처 번의 무사라면 오카자키의 혼다 가가 아니라면 나고야의 도쿠가와일 텐데 그들로부터 공격을 받을 이유는 없었다. 아무래도 이상했다. 사람을 잘못 본 것일지도 모른다.

하지만 사람을 잘못 본 것이라고 하기에는 얼마 전부터 공터 입구를 엿보거나, 뒤편 수풀에서 감시를 하는 자가 있다는 것을 옆집 부부까지 알아챘다는 것은 아무래도 이상했다. 분명 무사시를 알아보고 기회를 엿보고 있던 자들이 틀림없다.

'흐음, 다리 건너편에도 같은 편이 있는 모양이군.'

무사시가 유심히 보고 있자니 그늘 속에 숨어 있던 세 사람이 심지에 불을 붙여서 강 건너편을 향해 흔들고 있었다.

2

이곳에도 총포를 들고 숨어 있는 자들이 있었고, 다리 건너편에도 한패가 있다고 한다면 적은 오늘 밤 무사시를 반드시 없애기 위해 단단히 벼르고 온 것이 분명했다.

무사시가 하치조 사를 찾아갈 때마다 이 다리를 건너곤 했으니 적은 그것을 확인하고 유리한 지형과 배치를 충분히 물색해둘 여유도 있었음이 틀림없다.

그래서 무사시는 현재의 위치에서 섣불리 벗어날 수 없었다. 움직이는 순간 총알이 날아올 것이 뻔했다. 이곳의 적을 피해 단숨에 다리를 건너는 것은 더욱 위험한 일이었다. 그렇다고 언제까지나 다리 난간에서 몸을 웅크리고 있는 것도 상책이 아니었다. 왜냐하면 적은 건너편에 있는 한패와 심지로 신호를 주고받고 있는 만큼 시간이 지날수록 그에게 불리해질 것이 자명했기 때문이다.

그러나 무사시는 그 짧은 시간에 이미 대처할 방법을 세워놓고 있었다. 병법은 어디까지나 평소의 이론에 불과할 뿐 실전에 임해서는 순간의 결단을 요하기 때문에 이론에 따라 생각하지 않고 이른바 '육감'에 따라 행동해야 한다.

평소의 이론은 '육감'의 섬유를 이루고는 있지만 그 지성은 완만하기 때문에 실전의 위급한 상황에서는 맞지 않는 지성이고, 그로 인해 패하는 경우가 왕왕 있다. '육감'은 무지한 동물에게도 있기 때문에 무지성無知性의 영능靈能과 혼동되기 쉽다. 지혜와 훈련으로 단련된 자의 육감은 한순간에 이론을 뛰어넘고 이론의 궁극에 도달해서 눈앞의 상황을 파악하고 올바른 판단을 내릴 수 있도록 해준다.

특히 검에 있어서는 더욱 그러하다.

지금의 무사시와 같은 상황에 처했을 때는 말이다.

무사시는 몸을 웅크린 채 큰 소리로 적에게 말했다.

"숨어 있어도 심지가 보이니 소용없다. 내게 볼일이 있으면 여기까지 걸어와라. 난 여기 있다."

강바람이 강하게 불고 있어서 그들이 들었는지 의심이 갔지만 곧바로 대답 대신 두 번째 총알이 무사시의 목소리가 난 쪽을 향해 날아왔다.

그러나 무사시는 이미 그곳에 없었다. 난간을 따라 아홉 자나 떨어진 곳으로 몸을 옮긴 무사시는 총알이 날아온 순간 적이 숨어 있는 어둠을 향해서 단숨에 내달렸다.

다음 총알을 재우고 화승에 불을 붙일 틈조차 없었기 때문에

세 명의 적은 당황해서 칼을 뽑아들고 달려오는 무사시를 세 방향에서 맞았지만, 그조차 겨우 잡은 자세여서 제대로 된 협공은 할 수가 없었다.

무사시는 세 사람의 가운데로 뛰어들며 정면에 있는 적을 한 칼에 쓰러뜨리고 왼손으로 뽑아 든 와키자시로 왼편의 사내를 베었다.

나머지 한 명은 도망을 치다 너무 당황한 듯 눈먼 장님처럼 난간에 부딪히더니 그대로 다리 너머로 줄행랑을 쳤다.

3

그 후 무사시도 평소의 걸음으로, 다만 난간에 몸을 붙이고, 다리를 건너갔지만 아무 일도 일어나지 않았다.

그리고 마치 적을 기다리듯이 잠시 멈춰 서 있었지만, 특이한 점은 아무것도 없었다.

집에 돌아온 무사시는 바로 잠을 잤다.

다음 날, 무사시는 무가 선생이 되어 책상을 앞에 두고 서당 아이들과 함께 붓을 들고 글공부를 하고 있었다.

"실례합니다."

무사 둘이 처마 아래에서 집 안을 들여다보며 그렇게 말하더니 좁은 토방 입구가 아이들의 신발로 가득 차 있는 것을 보고 문도 없는 뒤편으로 돌아가서 툇마루 앞에 섰다.

"무가 선생께서는 집에 계십니까? 저희들은 혼다 가의 가신인데 심부름차 왔습니다."

아이들 사이에서 무사시가 얼굴을 들고 대답했다.

"제가 무가입니다만."

"귀공이 무가라는 가명을 쓰고 계시는 미야모토 무사시 님이십니까?"

"예?"

"숨기지 마십시오."

"물론 제가 무사시임에는 틀림없소만, 무슨 일로 오셨는지요?"

"번의 와타리시마亘志摩 대장님을 알고 계시는지요?"

"글쎄, 잘 모르는 분입니다만."

"그분께서는 잘 알고 계십니다. 귀공께서는 이곳 오카자키에서 열린 하이카이俳諧(에도 시대에 유행한 시가의 한 형식) 자리에 두세 번 얼굴을 보이신 적이 있지 않으신지요?"

"같이 가자고 권하는 이가 있어서 얼떨결에 모임에 갔었습니다. 무가는 가명이 아니고 그 자리에서 문득 떠올라 지은 아호입니다."

"아, 그렇군요. 뭐 그건 아무래도 좋습니다만 와타리시마 님께서도 하이카이를 즐기시고 가신 중에서도 좋아하시는 분들이 많으니 하룻밤 조용히 이야기를 나누고 싶다고 하시는데 와주실 수 있으신지요?"

"하이카이에 초대하시는 것이라면 달리 풍류를 아시는 분들이 있을 것입니다. 어쩌다 권유를 받고 그런 자리에 참석한 적은 있지만, 저는 본시 풍류를 모르는 야인에 지나지 않습니다."

"연회를 열어 하이카이를 짓자는 것이 아닙니다. 와타리시마 님께서 어떤 연유에선지 귀공을 알고 계시어 만나 뵙고 싶다는 취지이십니다. 또 무예에 대한 이야기도 나누고 싶은 것이기도 합니다."

글을 배우러 온 아이들은 모두 붓을 놓고 무사시의 얼굴과 마당에 서 있는 두 무사의 얼굴을 걱정스러운 듯이 번갈아가며 보고 있었다. 무사시는 아무 말 없이 마당에 서 있는 사자를 똑바로 쳐다보고 있다가 이윽고 마음을 정했는지 대답했다.

"알겠습니다. 초대를 하시니 가도록 하겠습니다. 헌데 날짜는?"

"괜찮으시면 오늘 밤이라도."

"와타리시마 님의 댁은 어딘지요?"

"아닙니다. 오시겠다면 저희 쪽에서 시간에 맞춰 가마를 보내도록 하겠습니다."

"그럼, 기다리고 있겠습니다."

두 사람은 서로 얼굴을 마주보고 고개를 끄덕였다.

"무사시 님. 수업 중이신데 실례했습니다. 그럼, 틀림없이 그

시각까지 준비를 마치고 기다려주시길 바랍니다."

그들이 이렇게 말하고 돌아가자 옆집 여자가 부엌에서 얼굴을 내밀고 불안한 눈길로 쳐다보았다.

무사시는 그들이 돌아가자 먹물이 묻은 아이들의 얼굴과 손을 둘러보며 웃으면서 말했다.

"이놈들, 남의 얘기에 정신이 팔려서 공부를 소홀히 해서는 안 된다. 자, 다시 공부를 해라. 선생님도 하겠다. 사람 목소리도 매미 소리도 들리지 않을 때까지 열심히 공부해라. 어릴 때 게으름을 피우면 이 선생님처럼 커서도 공부를 해야 할 것이다."

4

황혼녘, 무사시는 채비를 하고 가마를 기다리고 있었다.

"그만두는 게 좋아요. 뭐든 핑계를 대고 거절하시는 게……."

그사이 옆집 아낙은 툇마루 앞에 와서 무사시를 말리며 결국 눈물까지 글썽였다.

하지만 얼마 후 무사시를 데리러 온 가마는 어김없이 공터 입구에 나타났다. 가마는 새끼로 엮은 서민용이 아니라 옻칠을 한 귀족용 가마였다. 그리고 오늘 아침에 찾아온 무사 두 명과 하인 세 명이 함께 왔다.

이웃사람들이 무슨 일인가 싶어 눈이 휘둥그레져서 쳐다보았다. 가마 주위에 사람들이 몰려들었다. 무사들이 데리러 온 가마에 무사시가 오르자 서당 선생이 출세했다며 수군거리는 자도 있었다. 아이들은 다른 아이들을 불러 모아서 신기하다는 듯 떠들어댔다.

"우리 선생님은 정말 훌륭하신 분인가 봐."

"저런 가마는 훌륭한 사람이 아니면 못 타."

"어디로 가는 거지?"

"이제 안 돌아오시는 거 아냐?"

가마의 문을 내리자 무사들이 앞을 막아 선 사람들에게 소리치며 길을 텄다.

"비켜라, 비켜!"

그리고 가마꾼들에게 재촉했다.

"서둘러라."

저녁 하늘은 붉게 물들어 있었고, 소문은 저녁노을을 타고 온 동네로 퍼져나갔다. 사람들이 모두 돌아간 후, 옆집 아낙이 오이씨며 물에 불은 밥풀이 섞인 구정물을 길가에 뿌리고 있는데 젊은 제자를 거느린 중이 나타났다. 법의만 봐도 금방 알 수 있는 선가의 행각승이었다.

피부는 기름매미처럼 검었고, 옴팡눈이랄까 눈두덩이 움푹 들어가고 높이 솟은 미골 아래의 두 눈이 번쩍번쩍 빛나고 있었다. 나이는 마흔에서 쉰 사이로 보였는데, 본시 이런 선가 승의 나이는 보통 사람의 눈으로는 가늠할 수 없었다.

몸집은 작고 군살이라고는 전혀 없이 깡말랐다. 그러나 목소리는 굵었다.

"여보게."

그가 함께 온 제자를 돌아보며 물었다.

"마타하치라고 했나? 여보게, 마타하치."

"예, 예."

부근의 처마를 기웃거리던 마타하치가 황망히 행각승 앞으로 와서 머리를 숙였다.

"모르겠는가?"

"지금 찾고 있는 중입니다."

"자네도 와본 적이 없는 겐가?"

"예, 항상 산으로만 다녔기에 그만."

"이웃사람들에게 물어보게."

"예. 그렇게 하겠습니다."

마타하치는 조금 걸어가다 이내 다시 되돌아와서 말했다.

"구도 스님, 구도 스님."

"왜 그러나?"

"알아냈습니다."

"알아냈는가?"

"바로 저기 눈앞에 있는 공터 입구에 간판이 있었습니다. 동몽 도장, 읽고 쓰기 지도, 무가, 라고 말이지요."

"흠, 거긴가?"

"제가 먼저 가 보겠습니다. 구도 스님께서는 여기서 기다리시 겠습니까?"

"아니, 나도 같이 가세."

그저께 밤, 무사시와 오쓰 이야기를 하고 헤어진 후 이제나저 제나 마음을 졸이던 마타하치에게 오늘은 큰 기쁨이 찾아왔다.

두 사람이 그토록 기다리던 도쇼쿠 구도東寔愚堂 화상이 아무 예고도 없이 홀연히 하치조 사에 나타난 것이었다. 마타하치로 부터 무사시의 이야기를 전해 들은 구도 화상은 바로 그를 기억 해내며 말했다.

"만나야지. 이리 불러오게. 아니지, 그도 이제 어엿한 어른이 니 내가 가는 것이 낫겠군."

구도 화상은 하치조 사에서 잠시 쉰 후 바로 마타하치를 앞세 우고 마을로 내려온 것이었다.

5

와타리시마가 오카자키의 혼다 가에서도 중신의 반열에 있다는 것은 무사시도 알고 있었지만, 그 인물에 대해서는 전혀 아는 바가 없었다.

'뭣 때문에 날 데리러 가마까지 보냈을까?'

그것에 대해서도 전혀 짐작이 가는 바가 없었다. 굳이 그 까닭을 찾는다면 어젯밤 야하기 부근에서 가신으로 보이는 검은 복장의 두 사내를 죽였는데, 그것을 문제 삼으려는 것이 아닌가 싶었다.

아니면 평소부터 자신의 목숨을 노리고 있는 누군가가 자신의 힘으로는 어쩌지 못하고 와타리시마라는 배후의 인물을 정면에 내세워서 함정을 판 것이 아닌가 싶기도 했다.

어쨌든 좋은 일인 것 같지는 않았다. 그럼에도 불구하고 순순히 따라나선 데에는 무사시도 나름대로 그만한 각오가 되어 있다는 것을 의미한다고 볼 수 있다. 그리고 그 각오가 무엇이냐고 묻는다면 그는 한 마디로 임기臨機라고 대답할 것이다.

가 보지 않으면 알 수 없는 법이다. 어설픈 추리는 금물이다. 기機에 임해서 순간적으로 마음을 정하는 수밖에 다른 방법이 없었다.

그 변고變故가 가는 도중에 일어날지, 아니면 도착한 후에 일어날지는 아무도 모른다. 적이 유하게 나올지 강하게 나올지도 아직 미지수다.

바다 속을 일렁이며 가듯 가마 밖은 캄캄했고 솔바람 소리만

이 들려왔다. 오카자키 성의 북쪽 성곽에서 외곽 일대는 소나무가 많았는데 그 부근을 지나가는 중인 듯했다.

"……."

무사시는 각오를 한 사람처럼 보이지 않았다. 눈을 반쯤 감고 꾸벅꾸벅 가마 안에서 졸고 있었다.

끼익, 문이 열리는 소리가 들렸다. 가마를 멘 자의 걸음이 느려지더니 사람들의 목소리가 어렴풋이 들리고 여기저기서 비치는 불빛이 부드럽다.

"도착한 모양이군."

무사시가 가마 문을 올리고 밖으로 나왔다. 정중하게 맞이하는 시종들은 말없이 그를 넓은 객실로 안내했다. 발을 올리고 사방의 문을 활짝 열어놓은 방 안은 파도 소리 같은 솔바람이 불어오며 여름이라는 것을 잊을 만큼 시원했지만, 등불은 금방이라도 꺼질 것처럼 심하게 흔들렸다.

"와타리시마입니다."

곧 강건하고 경박해 보이지 않는 쉰 정도의 주인이 나와 인사를 했다. 전형적인 미카와三河 무사였다.

"무사시라고 합니다."

무사시도 인사를 했다.

"편히 앉으시지요."

와타리시마는 가볍게 고개를 끄덕여 보이고, 바로 본론으로 들어가려는 듯 말했다.

"간밤에 저희 무사 둘을 야하기 다리에서 베었다는데 사실인가요?"

단도직입적이다.

깊이 생각할 여유가 없었다. 무사시 또한 그 사실을 숨길 마음은 추호도 없었다.

"사실입니다."

이제 어떻게 나올까? 무사시는 와타리시마의 눈을 응시했다. 등불이 두 사람의 얼굴에서 끊임없이 일렁였다.

"그 일에 대해……."

와타리시마는 침통한 어조로 고개를 약간 숙이며 말했다.

"사죄를 하고 싶습니다. 무사시 님, 먼저 용서를 구합니다."

하지만 무사시는 그의 사과를 아직은 액면 그대로 받아들일 수 없었다.

6

와타리시마는 오늘 처음 들은 이야기라고 전제한 뒤 말했다.

"번에 야하기 근처에서 칼을 맞았다는 보고가 올라와서 조사해보니 상대가 귀공이라는 것을 알게 되었습니다. 귀공의 이름은 익히 알고 있었지만 저희 성시에 살고 계시는 줄은 처음 알았습니다."

거짓말 같지는 않았다. 무사시도 그의 말을 믿고 잠자코 다음 말을 들었다.

"하여 무슨 연유로 귀공을 죽이려 하였는지 엄중하게 조사해 보았더니 저희 번의 손님 중에 도군류東軍流(검술 유파의 하나. 가와사키 가기노스케川崎鑰之助가 도군 소조東軍僧正 등에게 사사하여 창시했다)의 검술가인 미야케 군베에三宅軍兵衛라는 분이 계신데, 그분의 문하생과 번의 가신 네다섯 명의 소행이라는 것을 알게 되었습니다."

"……?"

무사시는 더욱 이해할 수 없다는 표정을 지었지만, 와타리시마의 이야기를 듣자 이내 그 의문이 풀렸다.

미야케 군베에의 직계 제자 중에 과거 교토의 요시오카 가에 있던 자가 있었고, 또 혼다 가의 제자들 중에도 요시오카 문파의 제자가 수십 명이나 있었다. 그들 사이에 요즘 성시에 무가라는 가명을 쓰고 있는 낭인이 교토의 렌다이 사蓮台寺 들판, 렌게오인蓮華王院의 서른세 칸 당, 이치조 사 마을 등에서 연이어 요시오카 일족을 죽이고 마침내는 요시오카 가문의 대까지 끊기게 만든 미야모토 무사시라는 소문이 돌았다. 이에 아직도 무사시에게 깊은 원한을 품고 있는 자의 입에서 원수를 갚자는 말이 나왔고, 이윽고 모두가 그의 말에 동조하여 기회를 엿보다 어젯밤과 같은 사단이 일어났다는 것이었다.

요시오카 겐포吉岡拳法의 이름은 여전히 사람들 사이에서 존경의 대상이었다. 어디를 가든 그 이름을 듣지 않는 곳이 없었다. 그러니 한창 이름을 떨치던 시대에는 얼마나 많은 문하생들을, 얼마나 많은 지역에서 거느리고 있었는지 충분히 짐작할 수있다. 혼다 가만 하더라도 요시오카 검술을 배운 자가 수십 명에 이르렀다.

무사시는 사건의 진상을 알게 되자 자신을 원망하고 있는 사람의 심정을 알 것도 같았다. 그러나 그것은 무인으로서가 아니라 인간의 단순한 감정으로 이해하는 것에 지나지 않았다.

"하여 그들의 그릇된 생각과 부끄럽게 여겨야 할 비열한 행동에 대해 오늘 성 내에서 엄히 꾸짖었습니다. 하온데 손님으로 와계시는 미야케 군베에 님께서 당신의 문하생도 그 일에 가담했다는 말을 듣고 몹시 부끄럽게 여기시며 귀공을 꼭 만나 한마디 사과의 말씀을 전하고 싶다고 하시는데, 혹 괜찮으시면 이리 모셔 소개해드리고 싶습니다만."

"군베에 님께서 모르시는 상황에서 일어난 일이라면 그렇게까지 마음을 쓰지 않으셔도 됩니다. 무사에겐 간밤과 같은 일은 흔한 일이니 말입니다."

"그렇긴 하지만……."

"사과의 말씀보다 그저 '도道'에 대해 이야기를 나눈다면, 예전부터 고명은 익히 들어온 터이니 만나 뵙는 것에 이의는 없습니다만."

"실은 군베에 님도 그러길 바라고 계십니다. 그럼 지금 당장이라도······."

다른 방에 미리 와서 기다리고 있었는지, 미야케 군베에는 네다섯 명의 제자를 거느리고 금방 들어왔다. 제자라고는 하나 그들은 물론 노련한 혼다 가의 가신들이었다.

7

위험은 사라졌다. 하여튼 일단 그렇게 보였다.

와타리시마가 미야케 군베이와 다른 사람들을 소개하자 군베에가 말했다.

"부디 어젯밤 일은 용서해주시오."

그가 문하생들의 잘못을 사죄하자 그 이후로는 격의 없는 분위기 속에서 검술과 세상 이야기로 흥이 올랐다. 무사시가 군베에에게 물었다.

"도군류라고 하는 유파는 여태껏 들은 적이 없는 듯한데 귀공께서 창시한 것인지요?"

"제가 창시한 것이 아닙니다."

군베에는 고개를 흔들며 대답하더니 다시 말을 이었다.

"제 스승님은 에치젠越前의 가와사키 가기노스케라는 분인데 조슈上州의 하쿠운 산白雲山에 들어가셔서 새로운 검술을 터득하셨다고 전서傳書에는 쓰여 있습니다만, 실은 천태종의 도군 스님께 검술을 배우신 듯합니다."

그는 무사시를 새삼 찬찬히 바라보면서 바싹 다가앉았다.

"일찍이 고명을 들은 바로는 좀 더 연배가 있으신 줄 알았는데 이렇듯 젊은 분이라니 뜻밖이군요. 이 또한 인연이니 부디 한 수 지도를 부탁드리고 싶습니다만."

"언제 기회가 되면……."

무사시는 가볍게 받아넘겼다.

"길눈이 어두워서 이만……."

그리고 와타리시마에게 작별 인사를 고하려 하자 군베에가 만류하며 말했다.

"너무 이르지 않습니까? 돌아가실 때는 마을 어귀까지 누구든 모셔다 드릴 수 있게 하겠습니다. 실은 귀공에게 문하생 둘이 야하기 다리 근처에서 칼에 맞아 죽었다는 이야기를 들었을 때 저도 달려가서 시체를 보았습니다만, 두 구의 시체가 있는 위치와 두 사람이 입은 자상이 아무래도 합치되지 않아 의구심이 들었습니다. 하여 도망쳐온 문하생에게 자세히 물어보니 잘 보지는 못했지만 분명 귀공은 양손에 칼을 동시에 들고 있었던 것 같다고 하더군요. 그렇다면 세상에서 보기 드문 검법인데 그것이 이도류二刀流라고 하는 것인가요?"

무사시는 미소를 지으며 말했다.

"저는 이제껏 의식적으로 이도를 쓴 적은 없습니다. 언제나 일체일도一體一刀라 생각하고 있지요. 하물며 제 입으로 이도류라고 말한 적도 없습니다."

그러나 군베에와 다른 사람들은 곧이듣지 않았다.

"아니, 겸손해하지 마시고……."

그리고 그들은 이도류에 대해 이것저것 물어보다가 도대체 어떤 수련을 하고, 어느 정도의 역량이 되어야 이도를 자유롭게 쓸 수 있느냐는 등의 유치한 질문까지 했다.

무사시는 빨리 돌아가고 싶어서 좀이 쑤셨지만 그들이 질문에 대한 만족스러운 답을 듣지 못하면 돌려보내줄 것 같지 않자 문득 벽에 세워놓은 두 자루의 총포에 눈길을 주더니 잠시 빌릴 수 있겠느냐며 주인인 와타리시마에게 물었다.

8

주인의 허락을 받고 무사시는 두 자루의 총포를 들고 좌중의 한가운데로 나왔다.

"……?"

뭘 하려는 거지? 사람들은 이도에 대한 질문을 두 자루의 총포로 어떻게 답하려는 것인지 궁금해하며 무사시를 지켜보았다.

무사시는 총신을 양손으로 잡더니 한쪽 무릎을 세우며 말했다.

"손은 좌우 양쪽으로 두 개이지만 몸은 하나이듯 두 자루의 칼〔二刀〕도 한 자루의 칼〔一刀〕이요, 한 자루의 칼도 두 자루의 칼과 같습니다. 모든 일에 두 개의 도리가 없듯 궁극적인 이치에 있어서는 무슨 류니 무슨 파니 해도 다를 까닭이 없습니다. 그것을 눈으로 보여달라 하신다면……."

무사시는 양손에 든 총포를 보여주며 "실례하겠습니다."라고 말하는가 싶더니 갑자기 기합을 넣으며 두 자루의 총포를 붕붕 휘두르기 시작했다.

엄청난 바람이 일었다. 두 자루의 총포를 든 무사시의 팔꿈치가 그리는 소용돌이는 마치 실타래가 도는 것처럼 보였다.

"……."

그 모습에 압도당한 사람들은 숨을 죽인 채 얼굴이 하얗게 변해 있었다.

이윽고 동작을 멈춘 무사시는 총포를 원래 있던 자리에 갖다 놓더니 때를 놓치지 않고 말했다.

"실례했습니다."

그러고는 이도류에 대해서는 설명다운 설명도 없이 그대로 돌아가 버렸다.

어안이 벙벙해진 사람들은 돌아갈 때 길 안내를 붙여주겠다는 말도 잊어버린 듯 무사시가 문밖을 나가도 배웅하러 오는 자가 없었다.

무사시가 뒤를 돌아보니 솔바람이 몰아치는 먹물 같은 어둠 속에서 뭔가 분함이 남아 있는 듯 객실의 등불이 희미하게 깜빡이고 있었다.

"……."

무사시는 안도의 한숨을 내쉬었다. 오늘 밤의 저 문은 호랑이의 아가리였다. 형체도 없고, 저의도 알 수 없는 상대인 만큼 그도 실은 아무 대책을 마련하지 못했던 것이다.

그런데 사람들에게 무사시라는 것이 알려졌고, 또 사건을 일으킨 이상 오카자키에는 더 이상 머물러 있을 수 없을 것이다. 오늘 밤 안에라도 떠나는 것이 현명한 처사다.

'마타하치와의 약속도 있고, 어떻게 하면 좋지?'

혼자 생각에 잠겨 솔바람이 부는 어둠 속을 걷던 무사시는 오카자키 마을의 불빛이 맞은편 길 너머로 얼핏 보일 무렵 길가의 불당에서 뜻밖에도 자신을 기다리고 있던 마타하치가 말을 걸자 비로소 자신이 무사한 것을 느낄 수 있었다.

"무사시, 마타하치야. 걱정하며 기다리고 있었어."

"네가 어떻게 여기에?"

무사시는 의아했다.

그러나 문득 불당 마루에 누군가 걸터앉아 있는 것을 깨닫고 마타하치에게 자세한 이야기를 물어볼 여유도 없이 그의 앞으로 가서 공손히 절을 했다.

"선사님 아니십니까?"

구도는 무사시의 등을 잠시 내려다보더니 말했다.

"오랜만이군."

무사시도 얼굴을 들고 똑같은 말을 했다.

"오랜만에 뵙습니다."

하지만 그 짧은 말 속에는 만감이 깃들어 있었다.

무사시로서는 무위의 막다른 골목에 부딪힌 자신을 구원해줄 사람은 다쿠안 아니면 구도 화상밖에 없다고 학수고대하고 있던 터였다. 무사시는 그런 구도 화상을 만나게 되자 마치 칠흑같이 어두운 밤에 달을 올려다보듯이 그를 올려다보았다.

9

마타하치와 구도 화상은 무사시가 오늘 밤 무사히 돌아올 수 있을지 불안했다. 두 사람은 자칫 무사시가 와타리시마의 저택에서 불귀의 객이 되지 않을까 염려하면서 여기까지 마중을 나온 참이었다.

저녁 무렵, 길이 엇갈려서 무사시가 떠난 뒤에 찾아온 구도와 마타하치는 옆집 아낙에게 평소 무사시의 주변에서 일어난 걱정스러운 일과 오늘 무사들이 사자로 왔던 일을 자세히 들었다. 그에 마타하치는 무사시가 돌아올 때까지 그곳에서 마냥 기다릴 수도 없고, 무슨 방법이 없을까 해서 와타리시마의 저택 부근까지 온 것이라고 무사시에게 말해주었다.

그 말을 들은 무사시는 마타하치의 세심한 배려에 깊은 감동을 받았다.

"그렇게 날 걱정해줄 줄은 몰랐어. 미안해."

무사시는 그렇게 말하고 여전히 구도 화상 앞에 무릎을 꿇은 채 꼼짝하지 않고 앉아 있었다. 그러다 갑자기 구도 화상의 눈을 똑바로 올려다보며 소리쳤다.

"스님!"

"왜 그러나?"

구도는 무사시의 눈이 자신에게 무엇을 구하고 있는지, 어머니가 아이의 눈을 읽듯이 이내 깨달았지만 다시 한 번 물었다.

"왜 그러는가?"

무사시는 두 손을 땅에 짚으며 말했다.

"묘신 사에서 참선하며 처음 뵌 이후로 어느새 10년이 다 되었습니다."

"벌써 그리 되었나?"

"10년이라는 세월을 걸어왔지만 나 자신은 몇 척의 땅 위를 기어왔는지, 돌아보니 스스로도 의심이 들었습니다."

"여전히 젖먹이 같은 소리를 하는구나. 당연한 일 아니냐."

"참으로 답답할 뿐입니다."

"뭐가 말이냐?"

"아무리 걸어가도 수련의 끝에 다다를 수 없는 것이……."

"수련이라는 말을 입에 올리며 사는 동안에는 결코 다다를 수 없는 법."

"그렇다고 수련을 하지 않으면?"

"곧 원래대로 돌아가겠지. 그리고 처음부터 분별력이 없는 무지한 자보다 더 다루기 힘든 인간쓰레기가 될 것이네."

"손을 놓으면 미끄러져 떨어지고, 오르려고 해도 오를 수 없는 절벽 한가운데에서 저는 지금 몸부림치고 있습니다. 검은 물론이고 제 일신에 대해서도."

"바로 그것일세."

"스님! 스님을 뵐 오늘을 얼마나 간절히 기다리고 있었는지 모릅니다. 어찌 하면 좋겠습니까? 어떻게 하면 지금의 번민과 무위에서 벗어날 수 있겠습니까?"

"그건 나도 모르네. 스스로의 힘으로 해결할 수밖에."

"다시 한 번 저를 마타하치와 함께 슬하에 두고 꾸짖어주십시오. 크게 꾸짖어주십시오. 그렇지 않으면 허무에서 깨어날 수 있는 통봉痛棒(좌선할 때 마음의 안정을 얻지 못하는 자를 때리는 몽둥이)을 내려주십시오. 스님, 부탁드립니다."

무사시는 얼굴을 거의 땅에 붙이고 소리쳤다. 눈물만 흘리지 않았을 뿐 목소리는 오열하고 있었다. 고뇌에 찬 비통한 외침이 구도의 귓전을 때렸다.

하지만 구도의 감정은 전혀 움직이는 것 같지 않았다. 그는 말없이 불당의 툇마루에서 일어나 한마디 툭 던지고는 앞서서 걷기 시작했다.

"마타하치, 따라오너라."

10

"스님!"

무사시는 일어나서 구도의 옷자락에 매달리며 한 마디 가르침을 구했다.

구도는 말없이 고개를 저었지만, 무사시가 여전히 옷자락을 놓지 않자 이렇게 말했다.

"무일물無一物."

그리고 잠시 말을 끊었다가 주먹을 번쩍 치켜들더니 다시 말했다.

"무엇이 있겠느냐! 준다 한들 달리 무엇을 보태겠느냐! 있는 것은 갈喝(선종에서 미망迷妄이나 잘못을 꾸짖을 때 지르는 고함)!"

정말로 때릴 것 같은 표정이었다.

"……."

무사시는 옷자락을 놓고 무슨 말인가를 하려고 했지만 구도는 성큼성큼 앞장서서 걸어가기만 할 뿐 돌아보려고도 하지 않았다.

"……."

무사시가 망연히 그 모습을 바라보고 있자 마타하치가 무사시를 위로하며 말했다.

"스님은 말이 많은 걸 싫어하시는 모양이야. 절에 오셨을 때도 내가 네 이야기를 하고 내 생각을 말하며 제자로 삼아달라고 부탁했더니 잘 듣지도 않으시고 '그러냐? 그럼 당분간 내 짚신 끈이라도 매어봐.'라고 하시더군. 그러니 너도 장광설을 늘어놓지 말고 잠자코 따라와. 그러다 기분이 좋아지실 때를 봐서 뭐든 여쭤보면 되잖아."

그때 저편에서 구도가 걸음을 멈추고 마타하치를 부르자 마타하치는 큰 소리로 대답하고 나서 덧붙였다.

"알았지? 그렇게 해."

마타하치는 그렇게 말하고 서둘러 구도의 뒤를 쫓아갔다.

구도는 마타하치가 마음에 드는 것 같았다. 무사시는 구도가 제자로 받아들인 마타하치가 너무 부러웠다. 그리고 그와 같은 단순함과 솔직함이 없는 자신을 되돌아보았다.

"그래, 설령 무슨 말씀을 하시더라도……."

무사시는 몸이 후끈 달아오르는 것을 느꼈다.

화를 내며 치켜 든 그 주먹에 흠씬 두들겨 맞는 한이 있더라도 지금 한 마디 가르침을 받지 못한다면 언제 또 만날 수 있겠는가. 몇 만 년인지도 모르는 유구한 역사의 흐름 속에서 60~70년에 불과한 인생은 마치 번개와 같이 너무나 짧은 시간에 지나지 않는다. 그 짧은 일생 동안 만나기 어려운 사람을 만나는 것만큼 고귀한 일은 없다.

"그 고귀한 인연을."

무사시는 두 눈 가득히 뜨거운 눈물을 머금고 멀어져가는 구도 화상의 모습을 응시하다가 이런 귀한 인연을 이제는 절대로 놓칠 수 없다고 생각했다.

'어디까지라도 따라가겠다! 한 마디 가르침을 받을 때까지는.'

무사시는 구도가 간 방향으로 서둘러 쫓아갔다. 그것을 아는지 모르는지 구도는 하치조 사 쪽으로는 돌아가지 않았다. 아마도 그는 다시 하치조 사로 돌아가지 않고 이제는 물과 구름을 거처로 삼을 마음인 듯싶었다. 도카이도東海道로 나간 그는 교토를 향해 가고 있었다.

구도가 싸구려 여인숙에 머무르면 무사시는 그 처마 밑에서 잠을 잤다. 무사시는 아침에 마타하치가 스승의 짚신 끈을 매고 함께 떠나는 모습을 보면 기쁜 마음이 들었지만, 구도는 그런 무사시를 보고도 한마디 말조차 걸어주지 않았다.

그러나 무사시는 이제 그런 것에 마음을 굽히지 않았다. 오히려 구도의 눈에 띄지 않도록 멀리 떨어져서 쫓아갔다. 그날 밤 그대로 오카자키에 남겨두고 온 뒷골목의 초막과 그곳의 책상, 대나무 꽃병, 그리고 옆집 아낙과 동네 처녀들의 눈길, 번 사람들의 원한과 같은 것들은 이제 모두 머릿속에서 지워버린 채…….

원

1

교토가 점점 가까워지고 있었다.

짐작건대 구도는 교토로 가고 있는 듯했다. 가엔묘신 사花園妙心寺는 총본산이기도 했다. 하지만 교토에 언제 도착할지는 구도의 마음에 달려 있었다. 비가 내려 여인숙에서 나오지 않던 날, 무사시가 살그머니 안을 들여다보니 마타하치가 구도의 몸에 뜸을 뜨고 있었다.

미노美濃까지 왔다. 그곳의 다이센 사大仙寺에서는 일주일이나 머물렀고, 히코네彦根의 선사禪寺에서도 며칠을 묵었다.

구도가 여인숙에 묵으면 근처 여인숙에서, 절에 묵으면 절 산문에서, 무사시는 어디서든 잠을 잤다. 그리고 오로지 그의 입에서 한 마디 가르침을 받을 기회를 기다렸다. 아니, 기회를 쫓아갔다.

호반에 있는 절의 산문에서 잠을 자던 날 밤, 무사시는 어느새 가을이 왔음을 깨달았다. 자신의 모습을 돌아보니 마치 걸인 같았다. 덥수룩하게 자란 머리카락도 구도의 마음이 풀리는 날까지는 빗질도 하지 않으려고 마음먹고 있었고, 목욕도 하지 않고 수염도 깎지 않았다. 비바람에 고스란히 노출된 옷은 누더기로 변해 있었고, 가슴과 팔은 거칠어져서 소나무 껍질을 만지는 느낌이었다.

쏟아져 내릴 것 같은 별, 가을의 소리.

한 장의 거적을 이불 삼아 누워 있던 무사시는 느닷없이 지금 자신의 광적인 심정을 차갑게 비웃었다.

'이 무슨 어리석은 짓이란 말인가. 대체 무엇을 깨닫고자 하는 것인가. 스님에게 무엇을 원하는 것인가. 이렇게까지 추구하지 않으면 인간은 살아갈 수 없단 말인가?'

서글퍼졌다. 어리석은 자신의 몸에 살고 있는 이조차 불쌍해졌다. 스님은 말했다. 가르침을 구하는 자신에게 확실히 말했다.

무일물無一物이라고.

그런 사람에게 없는 것을 억지로 구하는 것 자체가 무리였다. 아무리 뒤쫓아가도 스님이 자신을 길가의 개만큼도 돌아봐주지 않는다고 해서 원망할 수도 없었다.

"……."

무사시는 달을 올려다보았다. 산문 위에는 어느새 둥근 가을

달이 떠 있었다.

아직 모기가 있었다. 그의 피부는 이젠 모기가 물어도 아무것도 느끼지 못했다. 그러나 모기에게 물린 자리는 빨갛게 부풀어 올라 깨알만 한 종기처럼 변해 있었다.

'아아, 모르겠다.'

단 하나, 뭔지 모르는 것이 있었다. 그것만 풀 수 있다면 꽉 막혀 있는 검의 길도, 다른 모든 것도 시원하게 풀릴 것 같은데 아무리 해도 안 된다.

만약 자신의 도업道業도 여기서 끝나 버린다면 차라리 죽는 게 낫지 싶다. 지금까지 살아온 보람을 찾을 수 없다. 잠을 자도 잘 수가 없다.

그럼 그 모르는 것이란 대체 무엇인가. 검에 대한 공부일까? 그뿐만이 아니다. 처세의 방향일까. 그런 것도 아니다. 오쓰 문제일까? 아니다. 사내가 어찌 사랑 하나 때문에 이렇게까지 말라갈 수 있단 말인가.

모든 것을 아우른 큰 문제다. 그러나 또 천지라는 거대한 눈으로 본다면 모래알만 한 작은 일인지도 모른다.

무사시는 거적을 몸에 말고 도롱이벌레처럼 돌 위에 누워 있었다.

'마타하치는 어떻게 자고 있을까?'

고난을 괴로워하지 않는 마타하치와 괴로워하기 위해 고난을 쫓아다니는 자신을 비교하며 문득 그가 부러웠다.

"……?"

잠시 후 무엇을 봤는지 무사시는 벌떡 일어나서 산문 기둥을
바라보고 있었다.

2

무사시는 산문 기둥에 걸려 있는 긴 주련의 글귀를 뚫어지게
바라보고 있었다. 달빛에 두 기둥의 글귀를 읽을 수 있었다.

그대들에게 바라노니 기본을 다하라.
백운白雲은 백 길의 큰 공功을 느끼고
호구虎丘는 백운의 유훈을 한탄하니
선규先規는 본시 이와 같은 것.
실수로 잎사귀를 따고는
가지에 대해 묻는 잘못을 범하지 말라.

"……."

글귀는 교토의 다이토쿠 사를 창건한 다이토 국사大燈國師(가
마쿠라 시대 말기, 임제종의 승려)의 유훈집에 있는 말인 듯싶었다.

"실수로 잎사귀를 따고는 가지에 대해 묻는 잘못을 범하지 말라."

무사시는 이 부분을 몇 번이고 되뇌었다.

'지엽枝葉. 그래! 나뭇잎이나 가지 끝에만 번민을 무수히 달고 사는 인간이 얼마나 많은가. 나 역시……'

무사시는 그렇게 생각하자 갑자기 몸이 가벼워졌다.

'어째서 나는 검과 이 한 몸을 일체화시키지 못하는가. 왜 곁을 보는가. 왜 마음을 비우지 못하는가.'

그 일은?

이 일은?

쓸데없는 좌고우면이다. 한 길에 매진하며 어찌 한눈을 파는가.

하지만 그 한 길이 막혀버렸기에 좌고우면이 생기는 것이었다. 잎을 따고 가지에 대해 묻는 어리석은 초조함으로 인해 고뇌하고 있는 것이다.

자소십년행각사自笑十年行脚事

수등파립구선비瘦藤破笠扣禪扉

원래불법무다자元來佛法無多子

끽다끽반우착의喫茶喫飯又着衣

※ 10년 동안 행각한 일들을 스스로 비웃는도다.

　여윈 몸에 찢어진 갓을 쓰고 선문을 두드린다.

　본시 불법에는 속세의 영화를 찾지 않는 것.

밥을 먹고 차를 마시고 또한 몸에 옷을 걸쳤으니 이 또한 족하지 아니한가.

무사시는 문득 구도 화상이 스스로를 비웃으며 지었다는 가타伽陀(부처의 공덕이나 가르침을 찬탄하는 노래 글귀)를 떠올렸다. 무사시는 지금 그 무렵의 구도와 같은 나이 대였다. 구도의 이름을 흠모하여 처음 묘신 사에 찾아갔을 때 구도는 발로 걸어차지만 않았을 뿐 느닷없이 호통을 치며 내쫓았다.

"넌 애초에 무슨 생각으로 구도문愚堂門의 객이 되려는 것이냐?"

그 후 구도의 마음에 드는 점이 있었는지 허락을 받아 방에서 참선을 하고 있는데, 구도가 앞의 가타를 보여주며 "수련이라는 말을 입에 달고 사는 동안에는 글렀네."라고 비웃은 적이 있었다.

'자소십년행각사'라고 구도는 분명히 10년 전에도 자신에게 가르쳐주었다. 게다가 그로부터 10년이 지났지만 여전히 길을 헤매고 있는 자신을 보고 구제하기 어려운 어리석은 자라고 진저리를 치고 있음이 분명했다.

무사시는 멍하니 서 있다가 잠도 자지 않고 산문 주위를 맴돌았다. 그런데 이 으슥한 밤에 갑자기 절에서 나가는 자가 있었다.

산문을 나갈 때 얼핏 보니 마타하치와 구도였다. 평소와는 달리 매우 빠른 걸음으로.

본산에 무슨 급한 볼일이라도 생겨서 교토로 가는 길을 서두르는 것인지 절 사람들의 전송도 받지 않고 세타瀬田 대교로 곧장 가고 있었다.

"놓치면 안 돼."

물론 무사시도 달빛 아래의 그림자를 쫓아 하염없이 따라갔다.

3

집들은 모두 깊은 잠에 빠져 있었다. 낮에 본 오츠에大津絵(겐로쿠元禄 시대에 오미近江 지방 오츠大津에서 팔던 그림. 본디는 불화佛畵였지만 나중에 회화戱畵로 바뀌었음) 가게는 물론 혼잡한 여인숙과 약방도 모두 문이 닫혀 있었고, 인적이 없는 한밤중의 거리에는 그저 달빛만이 무섭도록 밝았다.

오츠 거리도 순식간에 지나고 오르막길이 이어졌다. 미이사三井寺와 세키 사世喜寺가 있는 산을 밤안개가 조용히 감싸고 있었다. 마주치는 사람도 드물었다. 아니 거의 없었다.

이윽고 고갯마루 위로 올라왔다.

"……"

먼저 간 구도가 멈춰 서서 마타하치에게 무슨 말인가 하더니 달을 바라보며 한숨 돌리고 있었다.

교토가 눈 아래로 내려다보였고 뒤를 돌아보니 비와琵琶 호수가 한눈에 들어왔는데 달 외에는 모든 것이 한 가지 색으로 물들어 있었다. 운모색의 밤안개 바다였다.

무사시는 한 걸음 늦게 고갯마루에 올라왔다. 걸음을 멈추고 있던 구도와 마타하치의 모습이 바로 보였다. 두 사람이 자신을 바라보자 무사시는 공연히 가슴이 철렁했다.

구도는 말이 없었다.

무사시 역시 아무 말도 하지 않았다.

그러나 그렇게 서로 눈길을 마주친 것 자체가 10여 일 만이었다. 무사시는 순간 생각했다.

'지금이다.'

교토는 이제 코앞이었다. 묘신 사의 선방 깊숙이 숨어버리면 또다시 얼마를 더 기다려야 만날 수 있을지 모른다.

"스님!"

무사시는 마침내 소리쳤다. 그러나 너무 간절한 마음 때문인지 가슴이 메고 목이 막혔다. 흡사 아이가 부모에게 하기 어려운 말을 꺼낼 때의 두려움 같은 기분을 느끼며 머뭇머뭇 앞으로 나아가려고 해도 발이 말을 듣지 않았다.

"……?"

무슨 일이냐고 묻지도 않는다. 마치 건칠乾漆로 빚어진 듯한 구도의 얼굴에서 눈만 하얗게 반짝이며 무사시를 나무라듯 날

카롭게 그의 그림자를 뚫어지게 보고 있을 뿐이었다.

"스님!"

다시 소리쳤을 때는 무사시도 이미 분별력을 잃은 상태였다. 제 몸을 사르며 활활 타오르는 불덩이처럼 무작정 달려가 구도의 발아래에 엎드렸다.

"한 말씀만, 한 말씀만 부탁드립니다!"

무사시는 땅바닥에 얼굴을 묻고 온몸으로 구도의 한마디 가르침을 기다리고 있었지만, 그는 언제까지나, 실로 언제까지나 아무 말도 하지 않았다.

기다리다 못한 무사시가 오늘 밤에는 기필코 가슴속 의문을 풀리라 생각하고 입을 열려는 순간이었다.

"듣고 있다."

구도가 비로소 입을 열었다.

"매일 밤 마타하치에게 들어서 모든 걸 알고 있다. 오쓰의 일조차……."

무사시는 마지막 말에 찬물을 뒤집어쓴 듯한 심정이었다. 차마 얼굴을 들 수가 없었다.

"마타하치야, 작대기를 이리 다오."

구도는 이렇게 말하고 나서 마타하치가 건네는 작대기를 받았다. 무사시는 머리 위에 떨어질 삼십봉三十棒(선종에서 선사가 제자를 가르치는 방편으로서 몽둥이로 서른 번 때리는 일)을 각오하고 눈을 감고 있었지만, 작대기는 머리를 향해 떨어지지 않고 무사시가 앉아 있는 곳을 중심으로 한 바퀴 돌며 원을 그렸다.

구도가 작대기 끝으로 땅에 커다란 원을 그렸던 것이다. 무사시는 그 원 한가운데에 있었다.

4

"가자."

구도는 작대기를 버리고 마타하치를 재촉해서 총총히 사라졌다.

무사시는 또다시 홀로 남겨졌다. 오카자키 때와 달리 이번에는 그도 울분이 치밀었다. 수십 일 동안 참담한 고행을 기꺼이 감내하며 가르침을 구하려는 자에게 너무나 자비심이 없었다. 무정하고 가혹하다. 아니, 사람을 너무 갖고 논다!

"……돼먹지 못한 중놈 같으니!"

구도가 사라진 쪽을 바라보며 무사시는 입술을 깨물었다. 언젠가 무일물이라고 말한 것은 아무것도 들어 있지 않고 텅텅 빈 머리에 자못 대단한 것이라도 들어 있는 것처럼 보이려는 사이비 땡추의 상습적인 말이 틀림없다.

"좋아, 어디 두고 봐!"

다시는 의지하지 않겠다고 다짐했다. 세상에는 의지할 만한 스승이 있다고 생각한 것이 어리석었다고 후회도 했다. 스스로의 힘으로 해결하는 방법 외에 다른 길은 없다. 그도 사람이고 자신도 사람이며 수많은 선현들도 모두 사람이다. 이젠 아무에게도 의지하지 않겠다고 생각했다.

무사시는 분노가 치민 듯 벌떡 일어섰다.

"……."

그러고는 달 저편을 노려보다가 겨우 분노가 가라앉자 눈이 저절로 자신과 발밑으로 돌아왔다.

"응?"

무사시는 그 자리에 선 채로 몸을 한 바퀴 돌렸다. 비로소 자신이 둥근 원의 한가운데에 서 있는 것을 알았다.

아까 작대기를 달라는 구도의 말이 떠올랐다. 그는 작대기 끝을 땅에 대고 자신의 주위를 돌았다. 무사시는 그제야 구도가 이 둥근 원을 그린 것이었구나 하고 깨달았다.

"무슨 원이지?"

무사시는 그 자리에서 꼼짝도 않고 생각했다.

원.

원.

아무리 보고 있어도 둥근 선은 둥글 뿐이었다. 끝도 없고, 휘거나 꺾인 곳도 없고, 궁극도 없고, 망설임도 없이 둥글다.

이 원을 넓게 펼쳐보면 그대로 천지였고, 이 원을 작게 줄여보면 그곳에 자신의 한 점이 있었다.

자기도 원, 천지도 원. 두 개란 있을 수 없다. 하나다.

"아!"

무사시는 오른손으로 칼 하나를 뽑아 들고 원 안에 서서 응시했다. 그림자는 재才 자와 같은 형상으로 땅에 비쳤지만 천지의 원은 엄연히 그 형상을 무너뜨리지 않았다. 두 개의 다른 존재가 아닌 이상 자신의 몸도 같은 이치였다. 단지 그림자만이 다른 형상으로 비치고 있을 뿐이었다.

"그림자다!"

무사시는 그렇게 보았다. 그림자는 자신의 실체가 아니다. 막다른 길이라고 느끼던 도업의 벽 역시 그림자였다. 막다른 길에 부딪혀 망설이는 마음의 그림자였다.

"에잇!"

칼로 허공을 벴다. 왼손으로 단검을 빼서 휘두른 그림자의 형태는 바뀌었지만, 천지의 형상은 바뀌지 않았다. 이도二刀도 일도一刀, 그리고 원이다.

"아아……."

눈이 떠진 것 같았다. 하늘을 올려다보자 달이 있었다. 거대하고 둥근 달은 검의 모습이자 세상을 살아가는 마음의 형태로도 볼 수 있었다.

"아아, 스님!"

무사시는 갑자기 질풍처럼 내달리기 시작했다. 구도의 뒤를
쫓아서.

하지만 이젠 그에게 뭔가를 구할 마음은 없었다. 그저 한순간
이나마 원망한 것을 사죄하고 싶을 뿐이었다.

그러나 마음을 고쳐먹었다.

'그 또한 지엽……'

무사시가 게아게蹴上 부근에서 멍하니 서 있는 동안 교토의
지붕들과 가모 강加茂川의 강물이 안개에 싸여 뿌옇게 밝아오
고 있었다.

(10권으로 이어집니다)

요시카와 에이지 대하소설

미야모토 무사시 | 9 | 엔메이円明의 권 上

한국어판 ⓒ 도서출판 잇북 2020

1판 1쇄 인쇄 2020년 3월 20일
1판 1쇄 발행 2020년 3월 27일

지은이 | 요시카와 에이지
옮긴이 | 김대환
펴낸이 | 김대환
펴낸곳 | 도서출판 잇북

책임디자인 | 한나영
인쇄 | 에이치와이프린팅

주소 | (10893) 경기도 파주시 와석순환로 347, 212-1003
전화 | 031)948-4284
팩스 | 031)624-8875
이메일 | itbook1@gmail.com
블로그 | http://blog.naver.com/ousama99
등록 | 2008. 2. 26 제406-2008-000012호

ISBN 979-11-85370-34-7 04830
ISBN 979-11-85370-25-5(세트)

이 도서의 국립중앙도서관 출판예정도서목록(CIP)은 서지정보유통지원시스템 홈페이지(http://seoji.nl.go.kr)와 국가자료종합목록 구축시스템(http://kolis-net.nl.go.kr)에서 이용하실 수 있습니다. (CIP제어번호 : CIP2020009851)